DARIA BUNKO

純愛クロニクル

弓月あや

ILLUSTRATION 小禄

ILLUSTRATION
小禄

CONTENTS

この作品はフィクションです。
実在の人物・団体・事件などに一切関係ありません。

純愛クロニクル

「こんなところで、どうしたの。小さな可愛いお姫様」

華やかなパーティ会場から離れた裏庭の片隅で、幼い陸は優しい声に語り掛けられて、泣き濡れた顔を上げる。

母によく似た顔は、少女のように繊細だ。小さな顔の中に大きな瞳と、小さな鼻と唇が、行儀よく並んでいる。なめらかな頬は、水蜜桃のようだ。

陸が長い睫を瞬かせていると目の前には、きれいな少年が立っていた。

「おうじさま……？」

陸が思わず呟いたのには、ちゃんと理由がある。

彼は絵本の中から飛び出してきた、まさに王子様のような人だったからだ。

端整な顔立ち。切れ長の、琥珀色の瞳。すらりとした体躯。豊かな金髪。幼稚園で女の子たちが熱い目で見ていた、絵本の王子様と、寸分も違わない。

「ぼくが王子様？　それなら、あなたはお姫様だね」

金色の髪の少年は、驚いたことに流暢な日本語を操っている。イントネーションが、ちょっと独特だったけれど、それでも陸にはちゃんと聞き取れた。

「お姫様は、なぜこんな暗いところで泣いているの？　誰かに苛められたのですか」

「ううん。ママにしかられて、それでね、陸、ないちゃったの」

「あなたは陸さんというんだ。素敵な名前だ」

彼は小さな陸と視線を合わせるために、しゃがみ込んでくれる。その瞬間、ふわりといい香りがした。石鹸に似た、でもちょっと違う硬質な香り。初めて嗅いだ匂いは、彼に似合っているる。でも、そんなことを考えた自分が、何となく気恥ずかしい。

「こんなに可愛らしいお姫様が、どうしてお母様に叱られちゃったの？」

「陸がね、おんなのこのドレスきたから、だからママ、おこったの」

通訳の仕事をしている母に連れられていった、きらびやかなパーティの席。

『本当は子供なんか連れていきたくないの。でも、おばあちゃんの具合が悪いから仕方ないのよ。お願いだから静かにしていてちょうだい』

そう言い含められて一人でポツンと座っている幼児は、宴の中で悪目立ちしていた。酔客たちはすぐに目をつけ、一緒に遊ぼうと話しかけてくる。見れば母は遠くで外国人たちに囲まれていた。ちょっとならいいかな。そう思って誘いについて行く。

華やかな桜色のドレス。陸はけっして着たくて着たわけじゃない。でも、着せてくれた大人は『可愛い！　ママも大喜びだね！』と言った。

だから嬉しくて、急いで母に見せに行った。そうしたら、ものすごく怒られた。

『何て恰好をしているの！　男の子なのに、みっともない！』

笑いさざめいていた皆が、無言となってしまうほどの大声だ。陸は怖くて恥ずかしくて、居たたまれなくて、踵を返し逃げ出した。

そのまま会場の裏庭の桜の樹のそばにある東屋に飛び込んで、しばらくの間、膝を抱えてベソをかいていたら、優しい声でどうしたのかと訊かれたのだ。

「ママね、陸が、きらいなの」

「嫌い？　どうして？」

「だって陸がわらうとね、いつも、うるさいって、おこるの。すっごく、おこるの。さっきもね、みっともないって、おこったの。……おこったの」

涙を溜めながら呟くと、少年は悲しそうに眉を曇らせながら陸の髪を撫でてくれた。

「嫌いと結論を出すのは早すぎだ。人間は嫌いだと叱る時もあるけれど、好きでも叱る時があるから。特に親子はそういうものだよ」

「ママは陸のこと、きらいじゃないの？」

「そんなわけがないでしょう。お母様は、とても疲れていたか悲しいことがあったのでしょう。大人は、とても心が弱いから、つい声を荒げて、意地悪な態度を取ってしまう」

その時、会場のほうから美しい音楽が洩れ聞こえてきた。陸は曲名なんか知らないけれど、何だか心が浮き立ってくる。その気持ちは、少年にも伝わったようだ。

「ワルツだ。踊ったことはありますか？」

「おどる？　おどるって、なぁに？」

「踊るというのは、こういうふうにね」

少年は立ち上がると、陸の手を取り、くるりと回してみせる。突然のことに、びっくりしてしまったが、すごく楽しい。そのまま少年のリードで曲に合わせ踊っていた。

「わぁ、すごい！　もっと、ねぇ、もっと、くるくるして。くるくるって！」

「仰せのままに。お姫様」

夢を見ているのかと思った。

宵闇に淡く浮かぶ桜の下。陸の手を優しく握るのは、白い指先。そして夢の中から出てきたみたいな、玲瓏な美貌の少年。

月灯りの下。きらきら舞い散る夢幻のきらめきの中、抱きしめられる心地よさ。

ずっとこのままでいたい。ずっとずっと、踊っていたい。

そう、永遠に。

小さな陸は儚く願った。言葉だけがあるのに、どこにも存在しない永久。

そんなことも知るよしもない、愚かな子供の夢物語。

1

「ただいまー、すごい寒かったー」

学生服を着た高樹陸が扉を開いたのは都内の片隅に建つ、古い木造アパートの一室。道路に面した外廊下から室内に至るまで、超がつく年代物の集合住宅だ。

「先週まで秋だったのに、一気に冬だよ。もう十一月だもんね」

答えてくれる人がいないのはわかっているけれど、つい呟いてしまった。

築四十年は過ぎようかという部屋の扉を開けた陸は、無人だとわかっているのに、「ただいま」と言ってしまった。その声は変声期を過ぎても男らしくない。もう十七歳。高校二年にもなると周囲は男くさいのに、陸だけ取り残された格好だ。

柔らかい黒髪をくしゃっと掻き上げると、すぐに癖がつく。

ストレートの髪は柔らかいので、くにゃくにゃしやすい。女の子みたいな髪の毛を、陸は好きではない。ついでに言えば、大きな瞳も長い睫も、もっと言うなら小さな赤い唇も辟易していた。男だから、もっと男らしい、逞しい容姿がいいに決まっている。

陸が自宅の扉を閉めると、この時間にはあるはずのない女物の靴が揃えて脱いであるのが目に入った。女性のものにしてはサイズが大きいこの靴は、同居している母のものだ。

めずらしいことに陸は首を傾げた。通訳兼コーディネーターの仕事をしている母の祥子は、常に忙しく飛び回っている。普段、この時間に自宅にいることはない。

陸が靴を脱いでいると、扉が開いて母が顔を出した。

「た、ただいま。どうしたの、こんな時間に」

「ちょっとね。おかえり」

出迎えなんて、これまた珍事だ。

ウェーブのかかった長い髪を一つに結んだ母は、仕事の時にかけている眼鏡姿のまま、陸の前に現れた。服装はいつも通り、長袖の無地Tシャツにジーンズだ。

陸がまだ三歳の時に、父親が突然の事故で亡くなってしまった。そのため、母は得意の英語を生かし、通訳、コーディネーター、企業からのイベント、個人通訳まで、あちこち飛び回っている。授業参観に来てくれたことも、運動会に参加してくれたことも一度としてない。

そのため在宅していても、息子を出迎えに来てくれたことは、ほとんどなかった。

しかし、母の仕事のおかげで陸も英会話には自然と慣れ親しみ、流暢ではないが、会話には不自由しない。これも母の影響であり恩恵だ。

「陸、ちょっと話があるんだけど」

背後から聞こえてくる声に、振り向かずに答える。

「ん。先にうがいと手洗いして、ついでに制服を着替えてもいい？」

「いいわよ」

陸は洗面所に入ると身支度してから顔も洗い、洗面台に映る自分の顔を見た。

「改まって話って、な、何だろう。ぼく、怒られるようなことしてないはずだけど……」

鏡には不安そうな、頼りない表情を浮かべた陸の顔。思わず濡れた手で鏡を擦（こす）る。

映っているのは少女みたいな、目ばかり大きな痩（や）せた顔。

売れっ子美少女タレントに似ているとよく言われるが、テレビを見ないので、その有名人を陸は知らない。男だから女の子に似るより、もっと男らしい顔になりたい。

しかしその願いは、現実的ではなかった。そんなことを考えながら大きな溜息が出る。

『話がある』という母の言葉に見当がつかなくて、何を言いだすかわからず不安なのだ。子供に構わない人が改まって話というから、かなり緊張する。

考え込みそうになるが、かぶりを振って鏡を見直した。考えたって、どうしようもない。愚痴か指導か説教か、まず話を聞かなくては。

とにかく母は怖い。頭がよくて理路整然。つねに簡潔、徹底的に無駄を嫌う。陸の会話が長びけば、眉根がどんどん寄せられる。それが祥子という人だ。

陸は自分が母親に嫌われていると、ずっと思っている。言葉にされたわけじゃない。でも、肌で感じ取れるのだ。

そんな時、優しい声が脳裏を過る。

きらきらの淡い金髪と、光の加減で金色にも見える琥珀の瞳が美しかった少年の声だ。

『嫌いと結論を出すのは早すぎだ。人間は嫌いだと叱る時もあるけれど、好きでも叱る時があるから。特に親子はそういうものだよ』

以前、そう教えてくれた言葉。名前すら知らない金色の髪の人。

言葉がきつい母に対する怯えを、陸はいつも乗り越えてきた。あの少年が言ってくれた言葉を繰り返して、自分を励ましてきたのだ。

早々に着替えてリビングに行くと、古いソファに腰を掛けた祥子が振り返る。

「悪いわね。まぁ、話の前にお茶でもどうぞ」

母はテーブルの上に用意してあった急須からお茶を注ぐと、陸の前に置いてくれる。これまた珍事だ。お茶を淹れてくれる母親など、陸の中に存在しないからだ。

淹れてくれたお茶を前に冷や汗が滲む子供というのも妙な話だが、陸は本当に汗が出た。先ほどの決意は消え失せて、すでに怯えきっている自分がいる。

母と対峙するだけなのに、どうしてこうも変な緊張をするのか。

「飲みなさい。毒なんか入っていないわよ」

いつまでも湯呑みを手にしない息子に焦れたのか、祥子は低い声で命じた。柔らかく勧めてくれるのではなく命令だ。陸は無言で頷(うなず)いて、熱いお茶を一気飲みする。

いつもと様子が違う母が怖かったからだ。

母は子供の目から見て素っぴんでも、かなり美人だ。取引先に向かうために化粧をして服を整えると、モデル級の美人に変身する。理知的な銀縁眼鏡がクールな印象だ。その母に真正面から見据えられると、戦慄(せんりつ)するような怖さがある。

だが、彼女の口から語られたのは、まったく予想もしていなかった話だった。

「実はね、お母さん、再婚したの」

「え」

突然すぎる告白に、さすがにびっくりして瞳を瞬く。

「再婚するの、じゃなくて、再婚したの？」

「したの」

人付き合いが苦手で、仕事以外の人間関係をことごとく拒否していた母が結婚。

――とは、さすがに口に出さない。とりあえず、ぺこりと頭を下げた。

「え……、え、と。お、おめでとうございます」

「ありがとうございます」

実の親子にしては、とてもぎこちない会話だったが、それも無理もないことだ。

陸の母である高樹祥子。働く時はバリバリ働くけれど、休みの時は電池が切れ。朝から晩まで、ひたすら寝る。そのせいか休みの日にも、親子の会話はほとんどない。子供の頃は、今は亡き祖父母の家に預けられっぱなしだった。

そんな熱血サラリーマンみたいな人が再婚。驚きを通り越して声が出ない。

けれど目の前にいる母は、いつもの彼女と違う。帰宅して化粧を落としていないせいか、とてもきれいだが、それだけではない輝きが垣間見える。

祥子がガツガツ働いているのは、もちろん生活のためもあるが、陸のためが大きい。まだ高校二年生の陸は、母にとってお荷物以外の何物でもないだろう。

その証拠に、子供の頃はけっこう八つ当たりのように怒られた。小さな時は理不尽だと思ったけれど、成長しつつある今ならわかる。夫もなく頼れる両親も早くに亡くし、面倒な子供を抱えて女手一つで暮らしていたのだ。ストレスは並大抵じゃなかったろう。

だから母親の身体が心配だった。こんなに働いて大丈夫なのか心配なぐらい、働きづめだったからだ。陸が高校を卒業したら就職すると決意したのも、当然といえば当然だろう。

母親の負担になりたくない。自分が働けば、彼女の負担は激減する。進路よりも母に楽をさせたい。たとえ嫌われていても、母には幸せになってほしいのだ。だが。

「相手の方だけど、イギリス人なの」

「イギリス？」

「ええ。英国企業のコーディネーターとして、仕事をしていた時に知り合ったの。お名前は、トマス・ウィトキンさん。日本語もとてもお上手よ」

事もなげに言われたが、陸としては新たなる驚きだ。母が外国人と再婚。

「彼は、ずいぶん前に奥様を亡くされて以来、ずっと一人でいらしたの。十九歳のお嬢さんが一人いらっしゃるわ」

「はぁ、そうなんだ」

そこまで聞いていて、ハッとなる。イギリス人で、日本語がすごく上手。――まさか。

昔々、月灯りの下でダンスを踊ってくれた、金髪の人。王子様。

もし母親の再婚相手が、彼だったら。いやまさか。でも。でもでもでも。

「そのトマスさんって金髪？　背が高くて琥珀色の瞳で、すらーっとした美形で」

立て板に水の勢いで訊いてみると、祥子は眉間に皺を寄せる。

「何なの。藪から棒に」

訝しむ母の声で、少し落ち着きが戻る。そんなドラマみたいなことが、現実で起きるはずがない。少年だった彼が成長しても、亡くなった奥さんがいたとか、十九歳の子供がいるとか会社経営をしているとか。さすがに相違がありすぎる。

「トマスは金髪でも琥珀色の瞳でもないわ。ついでに言うと背も高くないし、絶世の美男子でもないけど味のある、いいお顔をされているわよ。彼は奥様の死後、男手一つでお嬢さんを育てた方なの」

あっさり否定されて、緊張がほどけた。なぜ自分が緊張していたのか理由はわからないが、どうしてか身体が強張っていた。

「そうなんだ。変なこと訊いて、ごめんなさい」

母親の結婚のほうが一大事だというのに、自分は何を訊いているのだろう。頭では理解していても、あまりに突然すぎて何を言っていいのかわからない。

でも、トマスさんとやらの話をする時だけ、母の瞳が優しくなるのを陸は見逃さない。母の顔つきが、とても穏やかだった。

「それで、そのトマスが今ちょうど日本に来ていて、あなたに会いたいっていうの」

「ぼく？　なんでぼく？」

「再婚相手の子供に会いたいのは、ごく当たり前だと思うけど」

内向的で人見知りの激しい陸は、知らない人に会うのが苦手だった。

「明日の午後二時。場所は丸の内のホテル。いいわね」

「明日って言われても、ぼく学校があるしそれに」

思わず言い返して睨まれた。この表情の母に逆らうと、ものすごく怖い目に遭う。長年の経験上、身に染みていた。

とにかく、陸にとってこの母は、恐ろしいと言っていい存在だった。

「明日、早退して丸の内に行きます。早退届のハンコ、押してくれる？」

「もちろん押すわよ」

かくして逆らうなど愚かな真似はせず、母親の命令のまま行動することに話は決まった。

□□□

翌日は学校を早退すると、制服のまま丸の内に向かった。着替えるべきかと思ったが、学生にとっての礼服は制服だと、何かで読んだ覚えがあったからだ。

「ロクな服を持ってないしなぁ」

そう呟いたが、靴だけは高校の入学式の時に買ってもらった革靴にした。陸の精いっぱいの正装だ。髪の毛は歩きながら撫でつけて、速足で駅に行き電車に乗った。

電車に乗って、一息つく。丸の内なんて、いったい何年ぶりだろう。

どこかザワザワした、それでも、好奇心に満ちた気持ちで到着して、目的のホテルに向かった。あまり土地勘はないが、駅前のホテルなので迷いもしない。

「楽勝。もう着いちゃ……――った？」

足取り軽く到着した建物はビジネスホテルではない。最新技術で建設された、しかしきらびやかな外観が美しい、超一流ホテルだった。

「えー……、ここ？」

思わず口をついて出たのは、感嘆でなく困った声だ。

重厚でありながら洒落た外装。大きなガラスで作られたオブジェが飾られている正面玄関。そして制服を着こなしたドアマンが、にこやかに来客を迎え入れている。

ここが指定のホテルで間違いないだろう。だがそこは、ハイソサエティな世界だ。

高校生の陸にとって、まったく相容れない。敷居が高すぎる。もっと言うなら分不相応だ。こんな一流ホテルとは思わず、制服で来てしまったのも足が引ける要因だった。

建物の前はゆるいスロープが造られており、そこには何台もの高級車が滑り込んでゆく。その車から降りてくる人々は、華やかなドレスや和服につつまれた淑女、もしくは仕立てのいいスーツを着こなした紳士たちだ。まさに大人の社交場。

ホテルのドアマンはにこやかに挨拶しながら、彼らを招き入れている。そこを突破しなければ、中には入れない。高校生など、社交の場にお呼びでないのだ。

もちろん、いくら似つかわしくなくても排除されないのはわかっている。でも不似合いの場所に行く勇気もない。陸はそもそも臆病だ。

困ったなぁ。そう思いながらホテルの敷地に入れず、ウロウロしていると。

「失礼ですが、高樹陸さんではございませんか」

丁寧というか、しゃちほこばった日本語で訊ねられ、何気なく振り向いた。

そこには、がっちりした身体を白シャツとグレイのスーツに包んだ恰幅のいい体格の外国人が立っている。身長は、見上げるほど高い。

彼の腹部がポッチャリしているのは、服の上からでも見て取れた。

「は、え、ええええと、Who are you?」

日本語で訊ねられたのに英語で返すのも間が抜けている。だが、この時の陸は本気で慌てていたので、このチグハグさに気づいていなかった。

しかし外国人の男性は、まったく意に介していない。それどころか満面の笑みを浮かべている。そして、いきなり陸に抱きついた。

「陸！　陸ですね！」

「わーっ！　だ、誰ですか！　放してくださ、放して！」

突然、初対面の外国人に抱きつかれて、陸はパニックに陥った。この場合、見知らぬ外国人を突き飛ばすのがいいか、それとも目の前に見えるドアマンに助けを求めるべきか。

そう思った次の瞬間、聞きなれた冷静な声がした。

「トマス、放してあげて。陸、あなた何をグズグズしているの。さっさと中に入りなさい」

前半部分は優しく諭し、後半は厳しく指導する声。背後から聞こえてきたのは、粋な泥大島紬を着こなした、和服姿の祥子のものだった。

外国人はパッと陸を放し、ニコォッと笑顔になる。何とも人好きする微笑みだ。

「おお、すみません。やっと陸に会えた感激で、我を忘れてしまいました」

ようやく解放されて、息をゼイゼイついた。まさか。まさか、この人が。

「トマスさん、あの、は、はじめまして。高樹陸です」

つかえながら名乗ると、彼は嬉しそうに陸の手を握った。

「はじめまして！　きみの話は祥子から聞いているよ。会いたかった！」

トマスのフレンドリーさにホッとしながらも、陸はまだ、ドキドキしていた。

猫が初めて会う人間に抱っこされると人懐っこく喉を鳴らすこともあるが、可哀想なぐらい怯えることもある。陸は完璧に後者だ。

だが、そんな自分に男性はニコニコと微笑みかけている。人懐っこい笑顔は、特に目尻の皺が優しそうで、ちょっとだけ警戒心が緩んだ。

（こんな感じの人が、お母さんの再婚相手なんだ。お父さんと、ぜんぜん違うなぁ）

幼い頃に亡くなった父のことを、陸は写真でしか覚えていない。

印画紙に映る父の姿は長身で、切れ長の瞳に整ったモデルのような容姿をしていた。目の前にいるトマスは、まったく正反対だ。

ぽったりと形容したくなるトマスは、柔らかで優しい印象。見ていて安心するのだ。

（トマスさんって、あれに似ている。……あれ？　あれって何だっけ）

陸の頭の中に彼に似ているものが過った。だがそれは俳優やモデルじゃない。もっと身近で、子供の頃に慣れ親しんだもの。あれとは何だったか。

「約束の時間に来ないから、どうせここの門構えに臆して中に入れないのかと散歩がてら迎えに来たら案の定、お前がウロウロしていたわ。情けない」

母の辛辣な声に、陸はハッと顔を上げた。トマスに似たものを考えていて、自分の世界に入り込んでいたのだ。慌てて居住まいを正して母を見る。

「え、だって約束は三時だよね」

「二時と言ったわよ。鈍くさい子ね。とりあえず中に入りましょう。いつまでもこんな場所にいたら、不審者扱いされるわ。陸、早くいらっしゃい」

約束の時間を間違えていたことを、あっさり訂正された。しかも「鈍くさい子」呼ばわりだ。落ち込みたくなったが、あくまでクールな母親に従って、ホテルの中へ入った。

三人は正面から中に入ったが、もちろんドアマンが陸を咎めるはずなどなかった。

□□□

「改めて紹介するわね。こちらが、トマス・ウィトキン。トマス、これが私の息子の陸よ。先ほどは、ずいぶん熱い抱擁をされていたわね」

一階にある洒落たティールームに移動すると、トマスと陸は祥子によって挨拶させられる。

彼はニコニコしながら、真っすぐ陸を見つめていた。見つめられると緊張するのは、国民性の為せる悲しい性だ。

「トマス、陸が緊張しているわ。日本人はシャイだから、正面から見られると硬くなるの。対峙する時は、第二ボタン辺りを見るとプレッシャーを与えないわよ」

「お、それは失礼。第二ボタン、第二ボタン」

今度は胸元を凝視され、息が詰まりそうになる。

「しかし祥子そっくりの、可憐で繊細な子だ！」

興奮しているのか、声が大きくなっている。ボーイが奥の席に案内してくれたおかげで、周囲の客からは遠ざけられているけど、体格のいい中年の外国人男と粋な泥大島紬の美女。そして学生服を着た自分の三人連れは目立っていないわけがない。

「トマス、日本で大声はタブーよ。お静かにね」

声の大きさを祥子にまた注意されると、トマスは両手で口を押えた。

その彼を見ていた陸は、唐突に「あっ」と声を上げる。

先ほどからトマスと似ていると思ったものは、世界的に有名な黄色いクマ。あの黄色い、ぽってりしたクマに彼はそっくりだった。

（あー、そうだそうだ！　思い出した！　あの子にそっくりなんだ！）

小さな頃に持っていた、黄色のクマのぬいぐるみ。引っ越しの時になくしてしまった、大切な陸の友達。はちみつ大好きの設定で、手には蜜壺を持っていた。

そう思ってしまったら、クマのユーモラスな動きが蘇ってきて笑いがこみ上げる。

いや、笑ってはいけない。今は大事な場面だ。

俯いて自分の太腿を見つめ耐える。けれど、そういう時に限って、なくしたぬいぐるみを思い出して震えが起きる。これは笑う直前の震えだ。

「陸、あなた顔が真っ赤よ」

我慢していたつもりだったが母に指摘され、とうとう小さく吹き出して笑ってしまった。

黄色いクマの決め台詞、「はちみつ食べたいなぁー」を唐突に思い出してしまったからだ。

しかし、二人が自分を見ているのに気がついて真っ青になる。

「す、すみません」

すぐに謝ったが、もう遅い。大人を見て笑うなんて、失礼極まりない。

だが、すでにトマスが可笑しそうに笑っているのだ。

「失敬。陸があまりに可愛くて、つい笑みが零れたよ」

彼は興奮さめやらずといった感じで、冷めた紅茶をぐっと飲んだ。

「私はずっと息子に憧れていてね。再婚で美しい妻だけでなく、息子ができることに喜びが隠しきれないんだよ。小躍りしたい気分だ！」

予想していなかったことを言われて、びっくりした。でも、トマスは本気のようだ。

「私たちは、きっといい親子になれるね」

その言葉に陸は瞳を瞬いた。まさか自分が彼と「いい親子」になれるなんて、考えていなかった。自分は母の邪魔にならないようと、それだけを思っていたからだ。

心のどこかで、いつも自分は母のお荷物だという負い目があるせいで、陸は彼に嫌われないようにと身構えていた。

いい親子。いい親子になれるんだ。

大きなプレゼントのような言葉に頬を赤くしながら、それでもはっきりと頷いた。

「はい。よろしくお願いします。……お父さん」

そう言うとトマスは感激のためか顔が真っ赤になったが、祥子はものすごく眉を顰める。

「嫌だわ。どうして、そう聞き分けがいいの。小賢しい処世術を感じるわ」

「コザカシイ？　処世術って、どんな意味だい」

トマスが首を傾げると、祥子は「何でもないわ」と肩を竦める。母のその姿を見て、陸は言わなくていいことを付け加えてしまう。

「面倒なヤツって意味です」

この余計な一言に祥子は睨みを効かせてくるが、トマスは何かを感じ取ったらしく、何も言わなかった。賢明である。

母とは、いつもこんな感じだ。子供の頃はうるさいと何度も叱られ、陸が成長し空気を読むような態度を取ると、先ほどのように「小賢しい」と言われてしまう。

お互いを愛しているはずなのに、どうしてか態度に表すことができない。

これは、ヤマアラシのジレンマというやつだろうか。陸は小さく溜息をついた。

心理学者が提唱する、「ヤマアラシのジレンマ」。

寒い日に抱き合って暖を取ろうとしたヤマアラシが、お互いの針毛（しんもう）といわれる棘（とげ）で傷つけ合ってしまうから離れてしまうという話。

祥子と陸もお互いに向き合えない。抱きしめ合うことができない、不器用な二人。

黙ってしまった二人を前に、トマスが明るい声を出した。

「陸。私は明日、休みです」

「え？　は、はい？」

突然の言葉に顔を上げると、ニコニコ顔をする彼に、じっと見つめられている。

「ですから、明日は私と二人で出かけませんか」

「えー……？　と」

この突飛な申し出に陸は言葉を失った。

二人で出かける？　今日が初対面、いつの間にかお父さんになっていた、この外国人と？

陸が返事をできずにいると、代わりに答えたのは祥子だった。

「あら、いいわね。どちらに行かれるのかしら」

いくら自分の再婚相手とはいえ、初対面の息子と二人きりで出かける不自然さについて、母は注意してくれるどころか大賛成だ。

慌てている陸を尻目に、二人は盛り上がっていた。

「私は昔から野球（ベースボール）が大好きでね。息子とぜひ、プレーしたいと思っていたんだ。だけど現実的に二人ではムリだから、第二の夢である釣りに行きたいと思ってね！」

どう反応していいかわからず黙ったままでいると、またしても母がでしゃばった。

「釣りね。わかりました。では、どこがいいか検討しましょう」

そう言うと分厚い手帳と携帯電話をバッグの中から取り出し、いきなり検索を始めた。陸はただ、唖然（あぜん）と成り行きを見守るばかりだ。

（せっかく和服姿なのに、そんな分厚い手帳を持っていたんだ……）

外国人向けのコーディネーターを生業（なりわい）としている母は、手帳と携帯電話という神器で、あっという間に手配してしまった。陸が口を挟む隙（すき）もない。

「調いました。品川（しながわ）の駅前にある釣り堀がよろしいかと思います。あまり遠方だと、翌々日のお仕事に障りますからね」

それを聞いて、陸がとうとう情けない声を出した。

「ぼく釣り堀なんか行ったことないよ」

「大丈夫よ。釣り堀は初心者が楽しめる施設だから、誰でも準備なく遊べるわ。トマスの案内をよろしくね」

「でも釣り堀なんて怖いよ。ぼく生きた魚にさわったことなんか」

そこまで必死に言ってみたが、母に低い声で「陸」と呼ばれる。

母の目はハッキリと「私に口答えしたら、どうなるかわかっているわね」と言っている。もちろん、逆らえるはずがない。

そんな緊迫した親子間のムードなど知らないトマスは、呑気な声を出す。

「今夜は二人ともここで一泊するといいよ。家に帰るのも面倒だろう。着替えは地下フロアの売店で買えばいいでしょう。好きなものを買っていらっしゃい」

何ともアバウトな申し出に、陸は開いた口が塞がらない。遊びに行くために、祥子と陸を一泊させ、着替えまで買い与えようというのだ。

「いえ、ぼくは帰」

そこまで言いかけた瞬間、祥子がにこやかに「まぁ、嬉しいわ」と言った。

「朝は電車も混んでいるし、いちいち戻るのも面倒だもの。よかったわね、陸」

普段は無駄遣いを許さず、自身も倹約の鬼である母は、人が変わったように微笑んだ。

「決まりだ。では陸のために部屋を取ろう。私と祥子は同室で大丈夫だろう」

大人は同室、子供は個室。欧米人はカップルが同室、子供は別が当たり前だった。

改めて考えてみれば二人は入籍した、立派な夫婦だ。戸惑うほうが、どうかしている。

陸に用意された部屋は、ジュニアスイート。この規模のホテルでジュニアスイートならば、いったい一泊いくらするのだろう。考えるのが恐い。

広い室内に大きなベッド。正面には天井から床までの大きな窓。ベッドには品のいいカバーがかけられ、中央のテーブルには花とフルーツ、それにチョコレートが盛られている。

「この部屋、うちより広い」

所帯じみたことを呟いたのと、トントンとノックの音が響いたのは同時だった。

「はい」

慌てて扉を開くと、そこに立っていたのは祥子。それも当然で、このフロアには、トマスと祥子、そして陸の三人しか宿泊していないと、案内してくれたボーイが言っていた。

祥子は室内に入ると、ぐるりと中を見回し、「いい部屋ねぇ」と言った。

「いい部屋すぎるよ。ぼく、普通でいいのに」

「あのトマスが、そんなことをするわけがないわ。一泊いくらか教えてあげましょうか」

覗(のぞ)き込むようにして訊かれたけれど、黙って首を横に振る。

「息子ができて嬉しいのよ。娘さんがいるけれど、あまり相性がよくないみたいだし」

そう言われて、何も言えなくなった。明日の釣り堀だって、母は来ない。二人で親睦(しんぼく)を深めろと言う。ほぼ初対面に近い外国人と、どう親交を深めろというのだ。

「釣り堀は専用の靴も服もいらないから楽よ。楽しんでいらっしゃい」

結構な無茶ぶりをして部屋を出ようとした祥子は、立ち止まった。

「陸、さっきトマスに言っていた面倒なヤツって、自分のことなの？」

「そんなこと言った？　覚えてない。それより、シャワー浴びたいけど、いい？」

「……いいわよ。じゃあ、おやすみなさい」

会話を無理やりに断ち切られた母は、部屋を出ていった。その後ろ姿を見送った陸は、バスルームに逃げ込んだ。

陸が幼い頃酒に酔った母に、いきなり怒られたことが何回もある。

『私はあなたの、小賢しいところが大っ嫌いよ！』

理由はわからないけれど、祥子は疲れ、酒も入っていただろう。そんな状態だったから、ちょろちょろ動く子供が鬱陶しかったのかもしれない。

成長した今でも、母親の言葉を思い出すと胸が苦しい。夜中にうなされて、飛び起きてしまうこともあった。どうして、いつまでも針毛が抜けないのか。

こんな暗闇の中にいると、あの王子様を思い出す。親身に相談に乗ってくれた少年だ。

『大人は心がとても弱いから、つい声を荒げて、意地悪な態度を取ってしまう』

ちゃんと話してくれた彼の誠実さ。思い出すと今でも心が温まる。

名前も知らない、もう二度と会うこともないだろう。でも、あの人の言葉は魔法だ。

「おやすみなさい」

小さな声での囁きは十年以上も前に出会った、名も知らぬ異国の少年に向けた言葉だ。

今宵はきっと、彼の夢を見る。

そんな甘い予感に、胸をときめかせる。どうして自分が彼を忘れられず、いつまでもこんな気持ちになるのか、陸はわからないまま目を閉じ、毛布をかぶった。

□□□

翌日は憎たらしいぐらいの晴天だ。陸は神を恨む。

土砂降りだったら、予定中止にできたかもしれないのに。

社交性のない内気な十七歳。ひっそりと神を恨むぐらい、可愛いものである。

「おはよう、陸。今日は付き合わせて悪いね」

陸の部屋まで迎えに来た彼は、清々しく本当に嬉しそうだった。ホテルからタクシーに乗ってすぐの釣り堀に到着すると、トマスのテンションはマックスに上がっていた。

「これが釣り堀か！　初めて見たよ！」

到着した釣り堀は、本当に駅の目の前だ。こんなところが駅前にあると知らなかった陸は、キョロキョロ見回してしまった。料金をトマスに払ってもらい、いざ釣り堀へ。すでに入っている他の客たちも、静かに釣りを楽しんでいる。

トマスは竿に餌も釣り針もつけず、水の中に垂らしている。陸は釣りのことなど何も知らないが、これはさすがに変だと思う。

「あのー……、釣り針に餌をつけないと、魚が寄ってきませんよ」

恐る恐る注意をしてみたが、彼は屈託なく笑っている。

「私はこれでいいよ。餌をつけると、魚が引っかかる。食べないのに釣るのは悲劇だよ」

「釣りの真似、ですか」

「同級生が自慢するんだ。息子とキャッチボールをしたとか釣りに行ったとかね。私は、もう歯噛みをして悔しがるわけさ。ああ、息子がいたらって！」

あまりに理解不能な動機に陸が黙り込むと、トマスは恥ずかしそうな顔をした。

「あっ、呆れたね。父親の夢なんて、小さいものだよ。そうだ！　陸はメジャーリーグに興味あるかい。今度、一緒に本場のメジャーリーグを観に行こうか。アメリカだけどね！」

野球観戦するのに渡米。その浮世ばなれした話に、喜びより疲れが出てくる。

「すみません。ぼく、野球は苦手で」

そう言ったとたん、彼はガックリと肩を落とした。

「ごめんなさい……」

思わず謝ってしまうほどの落胆ぶりだった。しかし。

「謝らなくていいよ。今日だって、息子と釣りに行きたいって願望は本当だけど、昨日、祥子と雰囲気が悪くなったから、ちょっと引き離してみようと思って」

「え……」

「ほら、小賢しいとか処世術とか、祥子が言っていただろう」

あの時トマスは、あえて意味を問うた。返ってきたのは、『面倒なヤツって意味です』だ。どう見ても仲のいい親子の会話じゃない。やっちゃった感にガックリする。

「変なところを見せて、すみませんでした」

「いやいや。十代の男の子と母親が、ベッタリ仲がいいほうが妙だ。うちの娘だって、遊び歩いて私に叱られてばかりだよ。どこかギクシャクしているのが普通なのかな」

「ぼくと母も、うまくいってないかもしれません」

ぽつりと呟くと、彼は釣り竿を見つめながら「そうか」と呟いた。

「ケンカはしていません。でも、お互いずっとブレーキがかかっている気がして」

陸は顔を上げないまま、話をした。トマスは口を挟むことなく黙って聞いてくれている。

「それは、ヤマアラシのジレンマだね」

自分が考えていたヤマアラシと言われて、びっくりした。

「そうです。ぼくもずっと、ヤマアラシの話を思い出していました」

思わず自分も同じことを考えていたと言った。初めて会った人にわかるぐらい、ぎこちない親子。きっと滑稽（こっけい）に映ったに違いない。

「どうしたらいいか、わからないです。母の負担になりたくないのに、うまくいかなくて。母はずっと苦労しながら、ぼくを育ててくれました。母には幸せになってほしいんです」

彼はちょっと考えているふうに、水面を見つめていた。だが。

「どうにもならんよ」

「え、えええー？」

あまりにあっさりと言われてしまい、拍子抜けした。しかしトマスは飄々と言いながら、釣り竿を動かしている。釣り針のついていない釣り竿だ。

「結論はね、お互いが適切な距離を計ることだ。お互いの針で刺し、痛みに苦しむことを繰り返して距離がわかってくる。人間関係ってそういうものだろう。でも、彼女はそれができない、だから、つい怒ってしまう。そういう大人は多いよ」

「そうなんですね……」

「祥子は、ざっくばらんではあるが、とても心の優しい女性だと思う。そして彼女は、きみを何より大切に思い、愛している。保証するよ」

トマスはのんびりした口調で祥子の気持ちを教えてくれた。

「そろそろ腹が減ってきた。昼飯にしようか」

屈託なく言われたので、頷いて一緒に立ち上がった。その瞬間、ふらっとしてしまったのを、

「大丈夫かい」と彼が支えてくれる。

「はい。足元がふらついただけです。ありがとう、……お父さん」

最後の一言は、蚊の鳴くような囁き声だ。トマスお父さんと呼ぶのは二回目だけど、今のほうが気持ちをこめた気がする。

彼は、うんうん頷くと陸の背を叩いて歩きだした。その口元には笑みが浮かんでいる。媚びているのではない。阿っているのでもない。素直な気持ちからの言葉だ。

そんな不器用さを、トマスはわかってくれたのだ。

「さて、何を食べようか。もちろん、ごちそうさせてもらうよ」

わざとのように声を大きくする彼は、瞳を潤ませながら笑っている。

可笑しい。面映ゆい。くすぐったい。楽しい。――うれしい。

「昼は釣り堀近くの食堂ですませて、帰りは蕎麦屋に行こう！　本場の蕎麦を食べたい！」

「はい！」

笑い合う二人の姿は人種が違えど、親子そのものだった。

こんなふうに笑い合える自分に驚きながら、陸はトマスが母の再婚相手で、よかったと思った。心の底から、そう思ったのだ。

2

トマスは数日の日本滞在を終えると、英国に戻っていった。

妻である祥子は日本に残り、残務整理をしていた。来年早々にはアパートを引き払い、英国に移るつもりだという。

もう十一月を迎えるのに、無計画にも思える。しかも、それだけでなくて。

「陸、あなたも来年早々には渡英するから、学校の友達にお別れしておきなさいね」

突然の宣言に、陸は驚いた。いったい、いつ自分は英国で暮らすことを承諾したのか。

「ぼく、英国に引っ越すなんて無理だよ」

「何ですって?」

「だって、ぼく一度だって英国で暮らしたいなんて言ってないよ。学校だってあるし」

陸のその言葉に、母の眉がピクリと動く。

「高校は英国で行くか飛び級して大学に進学してもいいわ。言葉だって、まぁまぁ不自由ないし。無理なことは何ひとつないでしょう」

事もなげに言う母親に、陸は困った。この人は、あまり子供のことが眼中にない。

「その理屈は、すごく無理があるよ。いきなり転校しましょう、引っ越しましょうって非常識だってば。何より引っ越し先が英国だなんて、おかしい。外国なんだよ」

だが祥子は、何を言っているのという顔で陸を見る。

「何がおかしいの。私が引っ越すから、子供のあなたも引っ越す。当然でしょう。未成年の一人暮らしなんか、絶対に認めませんからね。第一、いきなりじゃないわ。今が十一月で、引っ越しが三月ぐらい。四ヶ月もあるじゃない」

「お母さん、どうしてそうデリカシーがないの……」

横暴きわまりないことを言って聞かない母の元に、トマスから電話が来た。

リビングで話をしている母を横目で見ながら、陸が自室に戻ろうとする。けれど。

「まぁ、私と陸を招待してくださるの？　嬉しいわ！」

弾んだ声に部屋を出ようとしていた陸が振り返ると、母が「いらっしゃい」というように、手招きしている。彼女はトマスに別れの挨拶をしてから電話を切った。

「トマスがね、冬休みに入る前に、あなたを英国に招待してくれたわ」

「……なんで？」

「あのね、実は」

また、いつもの威圧的な物言いをされるのかと思って身構えていたが、何も言われない。不思議に思って母の顔を見ると、うっすらと赤くなっている。

何だろうと思っていたら、彼女は頬を赤くしたまま早口で話し始めた。

「お互い再婚だから結婚式はナシって思っていたんだけど、トマスは身内だけ招待して、け、結婚式を、挙げようって。私のドレス姿が見たいって……っ」

いつも冷静沈着な母が、まるで乙女みたいな顔をしているので、またびっくりだった。

「莫迦みたいよね。トマスはもう貫禄ある中年だし、それに私だって子持ちだし、ドレスなんか持ってないし、それに、それに、それに」

「お母さん、顔が真っ赤だよ」

そう指摘すると彼女は座っていたソファから、スクッと立ち上がった。

「十二月に入ったらロンドン。決定よ！　あなたのパスポートの申請に行かなくちゃっ」

そう早口で言って、部屋を出ていってしまった。ようするに恥ずかしいし、面映ゆいし、年甲斐もないと思っているし、それに、――――嬉しかったらしい。

「女の人って、ウェディングのことになると、女の子になっちゃうんだ。可愛いなぁ」

幸福そうな母を見ていると、何だか幸せな気持ちになってくる。

父が亡くなってから、彼女は苦労の連続だった。トマスと一緒に幸せになってほしい。確かに忙しいし目まぐるしいけれど、それは幸福な忙しさだ。

でも。

母が結婚後に住居を英国に移すのは当然だが、自分が英国に移住するのは納得がいかない。トマスと母の前でハッキリ言おう。異国で暮らせるとは思えないって。

日本人の中でも引っ込み思案な自分が、外国で暮らせると思えない。

「……とりあえず、荷物を詰めなくちゃ、だね」

そう呟くと、陸は古いスーツケースを引っ張り出し、英国へ行くための準備を始めた。

□□□

あっという間に、渡英当日になってしまった。

滞在は十二月の頭から年末まで。一ヶ月近い長期の休校届を出してから、母と二人で乗った国際線。初めて持ったパスポート。初めての空港とジェット機。何もかもが初めてずくしで、陸はキョロキョロしてしまった。

十三時間、飛行機の爆音の中で、ひたすら座って、寝て、食事をして。その単調さの繰り返しを経て、ようやく英国に到着する。

空港で入国審査を終えてロビーに出ると、華やかに飾られている。緑と赤、そして金色のデコレーションを見て、クリスマスだと気付いた。そして、すでにトマスが待っていてくれている。

「祥子！　陸！　よく来てくれたね！」

久しぶりの再会に陸は笑顔を浮かべて近寄ろうとしたが、それよりも先に、母が彼に抱きついたのは驚いた。トマスは、もちろん嬉しそうに母を抱きしめている。

子供の前で堂々と抱擁シーンを披露する母を見て、驚きだけじゃない気持ちが湧いた。

――お母さん、可愛いな。

本人には怖くて口が裂けても言えないが、そんなことを思ってしまった。

感激の再会を果たした愛し合う二人と、オマケの陸は早々に空港を出て、トマスの車に乗る。運転が大好きだという彼の車で、ウィトキン家へ向かった。

一時間も車に乗っていただろうか。見るからに高級住宅街の中を走っているなと思ったら、どんどん郊外へと進んでいく。

「ようやく到着だ。ここだよ、狭い家だが、くつろいでくれ。ようこそ、ウィトキン家へ！」

朗らかな声に顔を上げた陸は、呆気にとられて固まってしまった。

広い敷地と高い樹々に囲まれた建物は、お屋敷だ。これを狭いと表現する英国人の感覚や如何に。

「お母さん、ぼく、すっごく大きなお屋敷に見えるんだけど」

思わず隣に立つ母に言ってみると、彼女はちょっと肩を竦めるだけだ。陸は溜息をつきたくなる。母は、いつもの調子を崩さない。

「さぁ、どうぞお入りください。レディ」

トマスに案内されて目に入ったのは、優雅な調度に囲まれたホールだった。とても明るく感じたのは中央ドームが吹き抜け天井だからだ。ステンドグラスが嵌め込まれたパラディオ様式で、柔らかい光がホールを照らしている。

そしてホールの中には、ピンクに金の縁取りがされたリボンで、あちこちが飾られている。クリスマスのデコレーションだ。とても可愛らしいと陸は思った。

気さくでスポーツ好きなトマスが、こんな繊細な屋敷を住まいにしているのは想像を超えすぎていた。この間の宿泊したホテルもそうだが、質素な暮らしを余儀なくされていた陸は別世界すぎて、ついていけない。

「手狭だろう。でも、メイドが何人もいるから、きれいに片づけてくれているんだ」

「いらっしゃいませ。奥様、陸様。お会いできて光栄です」

三人のメイドが、にこにこ微笑んだ。みんな可愛いユニフォームに身をつつんでいる。

「さて我が家の姫君はどうしたね。祥子たちにご挨拶しないとは、けしからん」

トマスが訊ねると、メイドの困惑したような声が被さる。

「お部屋にいらっしゃいます。トマス様がお帰りになられたことは、お伝えしたのですが」

「まだ拗ねているのか。手間のかかる子だね。新しいお母様がいらしたのに」

「そんな人、お母様じゃないわ」

　陸が顔を上げると、玄関ホールの大階段の上に立つ女性がいた。彼女の栗色の髪はトマス譲りだろう。だが、痛々しいほど痩せている。顔立ちは悪くないが、そばかすが目立つ。

「エミリ、いきなり何だね。きみの新しい家族に、ご挨拶しなさい」

　トマスの叱咤を受けても彼女は意に介さず、ゆっくりと階段を下り祥子を睨む。

「嫌だ、肌が黄色いわ。どこの動物園から拾ってきたの。しかも二匹も。財産目当てのサルを、どうして家の中に入れるの」

「エミリ！」

　トマスが厳しい声を上げると、エミリは一瞬だけ身体を強張らせた。だが、すぐに玄関から外に出ていってしまった。窓を見ると彼女が車に乗って、出ていくのが見える。

　トマスは困り果てたように、かぶりを振った。そして祥子を見る。

「すまない。娘は死んだ妻のことが忘れられなくてね。しかし、こんな暴言を吐くなんて」

「お母様の思い出が残っている家に、他の女が入り込むのは誰でも嫌なものよ」

　祥子が優しい声で言い、トマスの肩を抱く。そんな母の姿を、陸は見たのは初めてだ。

「あの子には、ちゃんと話をする。不愉快な思いをさせて、本当にすまない」

　トマスはそう言うと祥子を抱きしめ、その頬にキスをした。そして陸にも向き直る。

「陸もびっくりさせたね。彼女がエミリ・ウィトキン。きみの義姉になる女性だ」

「エミリさんとぼくは年も近いし、徐々に話できるようになるといいね。あ、そうだ。荷物を片づけたいけど、どこに置けばいい？」

「旅で疲れているのに、すまないね。さぁ、部屋に行こう」

トマスはそう言うと祥子の荷物を持ち、二人を部屋に案内してくれた。

「ここが陸の部屋、気に入ってもらえたかな」

「はい！　素敵です。わぁ、眺めもすごい！」

明るい声を上げた陸に、トマスは胸を撫で下ろしたようだ。

「バスルームもついている部屋なので、プライバシーも万全だよ。ゆっくりしておくれ」

簡単に部屋の説明をすると、彼は祥子の肩を抱いて部屋から去っていく。扉が閉まると同時に笑顔を消した陸は、思わず溜息をついた。

トマスに気を遣わせて悪かったなと思いながら、先ほどのエミリを思い出し気が重くなる。鋭い目に剥き出しの敵意。蔑む態度。「動物園」の一言。

何かの冗談かと思ったが、彼女の憎悪は本物だった。あの反応が英国人の総意とは思わないが、さすがに気が重い。

母とトマスの間が、気まずくならないといい。そう思っていると、ノックの音が響き、「私よ」と言って、祥子が入ってきた。なぜだか黒のスーツケースも持っている。

「さっきは、悪かったわね」

いつもなら陸に対して気遣いをしない母が、この対応。驚いてしまうが、彼女も疲れたのだろう。普段から高い声音ではないが、今はさらに陰気だ。

「急な話で悪いけど、明後日、トマスがパーティを開いてくれることになったの」

「え？　式の予定って一週間後だよね」

「お式は一週間後に教会で行うわ。その前に、屋敷でパーティを開いてくれるそうよ。夜のパーティで私と、あなたのお披露目。出席してくれるわね」

「いきなり言われても、パーティの服なんか持ってきてないよ」

「ちゃんと用意してあるわ。抜かりなしよ」

祥子はトランクを部屋の中に持ち込むと、ベッドに広げ始めた。黒のカシミア。真っ白なレギュラーカラーのシャツ。そして。

「……蝶（ちょう）ネクタイ？」

「ええ。ディナージャケットにブラックタイ。それが、男性のドレスコードなの」

祥子が広げてみせたのは、黒いタキシードと蝶ネクタイ。それにウエストコートと言われるベストにサスペンダー。おまけにリボンのついたエナメルの靴だった。

「靴にリボンがついているよ。女の人の靴じゃないの？」

「違うわ。黒のオペラパンプスは、タキシード専用の靴なの。タキシードパンツに、これは一番よく似合うように作られているのよ」

要するにパーティは以前から決まっていたのだ。だが、陸が嫌がると予想されていたから、直前での告知なのだ。

「こんな格好、無理だってば。蝶ネクタイなんて芸人じゃあるまいし」

「あなたが着ないとトマスが恥をかくの。それだけは絶対に許しませんからね」

母親は無情に言いおいて、部屋を出ていった。陸はのろのろと動きだすと、着なくてはならない礼装をハンガーにかけて吊る。そして運命を呪いながらベッドへ横になった。

このまま眠っているうちに、休みが終わればいい。そんな消極的なことを考えながら。

□□□

陸は母の予定通り、パーティに引っ張り出される羽目になった。

会場はウィトキン邸の大広間。招待客は百人前後。大きな貿易会社を経営するトマスは、交友関係も広いらしい。

タキシードなど用意されたから、嫌な予感はしていた。そして予想通り、大規模なパーティの場に、陸の眉間の皺は深くなるばかりだった。

出席者たちは皆、タキシードにセミ・イブニングドレスといった準礼装。まるで映画の世界だ。その客たちの前で挨拶させられるのかと慄(おのの)いていたが、それも思い過ごしだった。

初めの乾杯だけは付き合わされたが、招待客の関心は妻を娶(めと)ったトマスと、東洋から来た花嫁に終始していた。子供はお呼びでない。心配は杞憂だった。

「ああ、よかった……」

人知れず呟いた陸は胸を撫で下ろし、華やかな広間に目を向ける。エミリはどこかにいるらしいが、招待客に紛れて姿が見えない。

陸は慣れない英語と人ごみに酔いそうになって、会場の壁に凭れかかる。英語は子供の頃から母に教わって慣れてはいたが、大人数に囲まれると許容範囲を超えた。

会場の中央ではトマスと母が、ひっきりなしに誰かと話をしていた。ホワイトタキシードを着たトマスと、セミ・イブニングドレスの母は、対応に追われている。

陸はその大変さを遠目に見ながら、大きな窓が少し開いていることに気づいた。バルコニーへ続く窓だ。レースのカーテンに隠れるようにして、陸は外へ出てみる。

石造りのバルコニーは誰もいない。室内の喧騒が嘘のように静かだった。

「いい風……」

思わず深呼吸してしまう。騒がしいのは性に合わないと、暗くなった空を見上げた。

「あなた、私の家で何をしているの」

背後から強い口調で声をかけられた。振り向くと顔を合わせたくない人間が、不愉快そうな表情で陸を睨みつけている。トマスの娘、エミリ・ウィトキンだった。

初対面から印象は最悪だったが、「私の家で何をしているの」と言われて言葉が出ない。

彼女もセミ・イブニングドレスといわれる、足首丈のドレスを身にまとっていた。だが、まだ十代の若い女性ならば淡い色が映えるのに、エミリのドレスは喪服のような黒いものだ。洗練さを感じさせるのではなく、葬儀の参列者のような違和感を覚えさせる装い。年齢に似つかわしくないドレス姿の彼女は、眉を顰めて陸を見た。

「似合いもしないタキシードは、本当に滑稽で惨めよね。あなた、鏡を持っていないの？」

この衣装が似合わないと言われても、どう反応していいか困り、陸は黙ったままだ。だがエミリは、その沈黙も気に入らないようだった。

「ああ、嫌だ。黄色い肌の母親なんて、ゾッとするわ。私のママは白い肌に淡い金髪が、とてもきれいな人だったのに。あんな母親なんかとはわけが違うのよ！」

エミリは興奮したのか、声が大きくなってきた。酒を飲んでいるのかもしれない。

しかし今日のパーティの主役であるトマスの娘が、こんな大騒ぎしているのは外聞がよくないだろう。陸が窓を閉めようとすると、目の前にエミリが立ち塞がった。

「どこ行くのよ。逃げる気なの」

「逃げるんじゃありません。窓を閉めようと思っただけです」

「やだ、それは英語のつもり？　何を言っているかわからないわ」

エミリはそう言い捨てると、陸を真正面から見つめた。

「我が物顔で、偉そうにしないでよ。私は黄色い肌の母親と弟なんて、ゾッとするわ」

最後のほうは金切り声だ。この声が聞かれませんようにと、祈る気持ちだ。

その時、何が気に入らなかったのか。エミリは持っていたグラスの中身を、陸に向けてぶちまけたのだ。せっかくのタキシードの胸元を濡らされてしまった。

その姿を見て、彼女は大声で笑う。

「みっともないわ。でもお似合いよ。格式あるタキシードは、サルに似合わないわね！」

一方的に言い放つエミリは、勝ち誇ったような表情を浮かべる。だが。

「大きな声でお笑いになるのは、レディの振る舞いとして感心しませんね」

低い声が聞こえ、レースの長いカーテンが風に舞い上がる。

陸が顔を上げると、そこには長身の青年が立っていた。

きらきらした金髪。身体に吸い付くような上等の生地で仕立てられた、ディナージャケット。格式ある漆黒の服は、艶やかで白い肌を何とも際立たせる。

陸が驚いたのと、エミリが声を上げたのは同時だった。

「エリージャ！」

そう呼ばれた青年は、物憂げに瞬きをしてみせる。長い睫に縁どられた切れ長の瞳は、イエローやゴールド、小豆色や銅色などの交じった不思議で神秘的な琥珀の瞳。

陸の脳裏に、同じ色の瞳をした少年が過る。

まさか。もしかして。いやそんな。でも。でもでもでも。

それは十三年も前に、陸の手を取って踊ってくれた少年の瞳と酷似していた。

目の前の青年は、あの少年が成長した姿ではないだろうか。いや、そんなに都合のいい話があるわけがない。しかし似すぎている。

「エリージャ！　いらしていたなんて、知りませんでしたわ！」

歓声を上げたエミリに、青年は優雅なしぐさで唇に人差し指を当て、「しー」と囁く。

「エミリ。あなたのようなレディは、もっと優雅に、美しく微笑まなければなりませんよ。先ほどから大きな声が聞こえていましたが、あなただったのですね」

その一言で、さっきまでどす黒かった義姉の顔色が、パッと赤くなった。

「い、嫌だ。ちょっと悪ふざけをしただけです。ゲームをしていたの。ね、そうでしょ」

陸は話を振られて戸惑ったが、ギッと睨まれたのが怖かったので合わせることにした。

「あ、そうです。ゲームしていたら興奮しちゃって」

「ゲーム？　そのせいで、あなたは濡れているのですか」

陸の返答を聞いて、青年はプレスされたハンカチを差し出してくる。その瞬間、覚えのある香りが漂う。清廉(せいれん)な香りだ。

「そんなきれいなハンカチで拭いたら、汚れちゃいます。ぼくは大丈夫ですから」

「構わないよ。せっかくのジャケットが台無しだ」

青年は惜し気もなく真っ白なハンカチで、陸のワインで濡れた胸を拭いてくれた。恥ずかし

くて顔を俯けた瞬間、すぐそばに立つエミリの表情が目に入る。

憎悪の表情を浮かべていたので、息が止まりそうになる。

ものすごく怖くてエミリに視線を戻せない。苦しくなって胸を思わず押さえると、その手を青年に握られてしまった。

「どうした？　胸が苦しいのかな」

「い、い、いいえ……っ。そうじゃありませんけど、あの、は、離して？」

「ちゃんと拭かないと、染みになってしまうよ」

エミリを見れなかったが、きっとまた睨まれているのは気配でわかる。そんな陸をどう思ったのか、彼はまじまじと見下ろし囁いた。

『災難でしたね』

陸はその一言を聞いて目を見開いた。青年が日本語で話をしたからだ。

『日本語が話せるんですか』

陸も思わず同じ言葉で返すと、彼は口元に笑みを浮かべている。

『取りあえず着替えて、メイドに染み抜きを頼みましょう。着替えも貸してくれると思います。美しいタキシードが汚れるのは悲しい』

『ありがとうございます。あ、でも』

二人が日本語で会話をしているのが、エミリの癇(かん)に障ったらしい。

「私にわからない言葉で会話をしないで。マナー違反だわ」

最初に日本語を使ったのは青年なのに、完璧に陸のせいにされている。困っていると青年は、穏やかに英語で答えた。

「失敬。私は日本に留学をした経験があるので、かの国を懐かしんでしまった。不快に思われたのなら謝ります」

そう言うとエミリは苛々した様子で、「別に構いませんわ」と早口で言う。

「でも、野蛮な国の言葉など使うのは、よくないわ」

「日本はとても歴史が長く、すばらしい文化に富んだ国だよ。そして知性的で愛情深い人々が住む、尊敬に値する国でもある。私は日本が大好きなんだ」

「もう結構。エリージャがそんなお考えだなんて、ガッカリだわ」

エミリは不快を露わにして、バルコニーから出ていってしまった。その後ろ姿を見ながら、青年は肩を竦める。

「怒らせてしまったようだ。あなたにも、不愉快な思いをさせてしまったね」

「そんなことはないです。あの、エミリとお知り合いなんですね」

「ええ。彼女と知り合いというより、父君のトマスとは長い付き合いです」

「でも、トマスとは年が違いすぎませんか」

「そうだね。彼は聴講生として私が勉強していた大学の、同じ講座にいた。そこで偶然、隣の席に座ったことが縁で知り合ったんだ。とても紳士的で博識で、すぐに仲良くなれた。確かに年齢は離れているが、私は友人になるのに年齢は関係ないと思っている」

トマスの名前が出て、何となくホッとした。ウィトキン家のパーティの招待客なのだから、親交があるのは当然といえば当然。信頼できる人物だという安心感だ。

青年はすっと手を差し出す。

「改めてご挨拶させてください。エリージャ・ヴェレカーです」

「はい。ぼくは高樹陸です。今日の花嫁、高樹祥子の息子です。よろしくお願いします」

「陸、お近づきになれて光栄です」

手を差し出されたので握手だと思い、こちらも出す。だが、陸の指先を手に取った彼は、その甲にくちづけをしてきたので、びっくりしてしまった。

古い映画の中で、騎士がお姫様にするくちづけと同じように触れられるなんて。

陸が知らないだけで、外国では当然の挨拶なのだろうか。

「あ、あの、英国の方って、男同士で手の甲にキスするのは当たり前なんですか」

恐る恐る訊ねてみると彼は顔を上げる。目元は先ほどと同じに、微笑みを浮かべていた。

「男同士でキスというのは、日本人にはない習慣でしょう。欧米では敬意を示す時、例えば自分よりも年上の方に、こうして手の甲へくちづけることもあります」

敬意や年上の方と言われ、ちょっと首を傾げた。彼とは今さっき初めて会ったのだ。

その疑問が顔に出ていたのだろう。彼は可笑しそうに目を細めた。

「納得いかない顔だね」

「いえ。ただ今日が初対面なのに、そんなに礼を尽くしてくださるんだなって思って」

「では言い方を変えようか。十三年ぶりに再会した私のお姫様に、深い愛情を示すためのくちづけ。これでいかがですか」

十三年ぶり。そう言われて驚き、言葉が出なかった。

「あの、それって」

「パーティの夜、可憐な桜色のドレスに身をつつんで泣きじゃくっていた、可愛い私のお姫様。まさか再会できるとは思わなかった」

その言葉に、今度こそ呆然（ぼうぜん）とする。この人。この人は。

「じゃ、じゃあ、あなたはあの時の……」

震える声で話す陸が可笑しいのか、彼は眩（まぶ）しいものを見るみたいに目を眇（すが）めて笑う。

「こんなに立派に成長されているなんて、本当に時の流れは早い。ふたたびお会いできて光栄です。私の姫君」

びっくりして言葉を失っていると、彼は陸の両腕に手を差し入れ、一気に抱き上げた。抵抗する間もなく持ち上げられて、大きな声が出てしまった。

「わぁ！　お、下ろしてください！」

「あなたはあの頃と、まったく重さが変わらないみたいだ」

「ま、待って！　怖いです、本当に怖い！」

見上げるほど長身の彼と、同じぐらいの目線になるのは恐怖だ。『怖い』と言って怯える陸を、彼は意外そうな表情を浮かべて見つめている。

「怖い？　それは残念。昔のあなたは、くるくる回すと大喜びだったのに」

「こ、子供の頃と今じゃ、ぜんぜん違います！」

すとんと下ろされて、その拍子に彼の胸に埋もれるような格好になった。

恥ずかしくて身体を離そうとすると、ぎゅっと抱きしめられる。

「それより私のお姫様は、いつから男になったのだろう。出会った時は、これ以上ないぐらい可愛らしい姫君だったのに。……びっくりだ」

低い声で囁かれて顔を上げると、彼は複雑な表情を浮かべていた。

そう言われて、初対面の状況を思い出す。あの時の陸は、おふざけで着せられたドレス姿だった。確かに混乱させてしまうだろう。

「あ、あの時は誰かがふざけて、ドレスを着せられたんです」

「ふざけて？」

「はい。でも、おかげで母にものすごく怒られて、散々でした」

「……そのタキシードも、とてもよくお似合いだ。小さなジェントルマンだね」

「ぼく、十七歳ですよ。小さいなんて、ひどいです」

そう言うと彼は戸惑ったような瞬きを繰り返す。どうやら、もっと下だと思ったようだ。身体も細く身長も百七十センチに満たない陸だから、仕方がないといえば仕方がない。

「十七歳？　ずいぶん幼く、いえ、若々しい」

言い直してはいたが、はっきりと童顔だと指摘されたも同然だ。

「いえ、いいです。童顔なのは承知しているし。日本でも、よく子供扱いされています」

「子供扱いというか、こんな初々しい人が存在する奇跡に感謝したい」

「誰に感謝をするのですか」

「万物を司る神々に」

仰々しい言葉に目を丸くすると、彼は可笑しそうに微笑んだ。

「再会できたのも嬉しいが、私を覚えていてくれて本当に嬉しい。夢のようだ」

「だって忘れられません。初めて会った時は、王子様が現れたのかと本気で思いました」

その言葉にエリージャは、蕩けそうな表情を浮かべた。

「いいえ。あなたのほうこそ、可愛らしくて気高い姫君だった」

エリージャはそう言うと身を屈め、陸の頬に軽いキスをした。そのとたん胸が弾む。

「先ほどのキスは敬愛。今のキスは恋情です」

エリージャはそう言うと、陸の身体をきゅっと抱きしめた。

「エ、エリージャ……っ」

「ごめんね。私はあなたと再会できて、愚かなぐらい浮かれている」

「どうして浮かれているんですか」

「十三年も前に会ったことを私が、ずっと忘れていなかったと言ったら、あなたは笑うかな」

　きょとんとしている陸の唇を、彼は人差し指でなぞってくる。

「愛くるしくて無邪気なあなたを、いっそ攫ってしまいたかった。けれど、そんなことができるはずもない。それでも、ずっと心の奥底に封じ込めていたんだ」

　どう答えていいかわからなかったが、それでも小さく頷いた。

　同じ。同じだ。自分と同じことを、この人は考えてくれていた。

　胸の奥が温かくなる言葉が、じんわりと沁みた。

「ぼくも覚えていました。なぜか、ずっと忘れられなくて」

「本当に？　小さなお姫様が私を覚えていてくれたなんて、光栄だ」

　彼は囁くような声で言い、またしても陸を抱きしめてくる。この過剰なスキンシップを怒るべきなのか、それとも抱き合って喜ぶべきなのか。

「ワルツだ」

　広間から聞こえてくる優美な音楽に、陸は顔を上げた。その陸に、エリージャは手を差し伸べてくる。紳士が淑女を誘うように。

「踊っていただけますか」

「え？　で。でも、ぼくダンスなんて無理です。今日はドレスじゃないし」

「無理？　以前は一緒に踊ったのに。とても上手だったよ」

そう言うとエリージャはふたたび陸の手を取り、その甲に唇を触れさせる。

「あ……っ」

熱い。火の玉が落ちたような錯覚に、思わず眉を顰めてしまった。

「十三年前と同じ。音楽に合わせて、私に身を委ねればいい」

囁きに、頭がくらくらしてくる。この人の言葉に酔ってしまいそうだった。

手を取られ優雅に踏まれるステップに身を任せているうちに、何だか夢幻の階段を踏んでいるような、そんな不思議な気持ちに囚(とら)われる。

「初めて出会った時、あなたがあんまりにも可愛くて、ずっと一緒にいたかった」

「何のパーティか覚えていませんが、ぼくは招待客じゃなくて母のオマケでした。酔っていたらしい他の客に、おふざけでドレスを着させられて母にはこっぴどく叱られました」

「そうだったのか。では、あの晩あなたと出会えたのは、すばらしい奇跡だったわけだ。やはり、我々は神の恩恵を授かっている」

「恩恵？　ただの偶然です」

「偶然だなんて。とんでもない、この世において偶然などありえない」

エリージャはそう言うと音楽に合わせて、くるりと陸を回らせる。それが楽しくて笑ってしまうと、彼も微笑んだ。

「陸、あなたの笑顔は素敵だ。いつも、そうやって微笑んでいてくれ。私のそばで」

そう囁かれて、くすぐったくて首を竦めた。彼の言葉は魔法に思える。

以前、会ったことがあるとはいえ、こんなふうに男同士でダンスを踊ったり、頬とはいえキスをしたり、どれもが普通ではないことばかりだ。

それでも、この月灯かりの下では、何もかもが不思議な魔法に思えてしまう。

熱に浮かされたような思いで顔を上げると、思いの外、近くにエリージャの眼差しがある。ちょっと狼狽えてしまうと、彼は少し苦しそうな表情を浮かべた。

「私は十三年前、東の国で会ったお姫様が忘れられなかった。まだまだ幼く、言葉も拙いあの子は、私の腕の中で楽しそうに踊っていた」

彼はそう言うと陸に添えていた手を離し、跪く。

「エリージャ？」

「私も日本から帰国し、ずいぶん時間が過ぎた。もう、あなたに出会うことはないと、ずっと諦めていた。だが、こうして巡り会えることができたのは、運命だと思う」

そして驚いている陸の手を取ると、その甲にくちづけた。

「どうか、私エリージャ・ヴェレカーの花嫁になってください」

「……は？　はなよ」

「そう、花嫁。私は一生、あなたを大切にする」

「は、花嫁って、ぼく男です。結婚なんか、できるはずが」

「男でも女でも関係ない。私の心は十三年前に、あなたに囚われた。あなたは、私の花嫁になるべきだ。これは運命なのだから」

「運命って言葉で性別は超えられません」

「何もかも凌駕する。それが運命というものだ」

彼はそう言うと陸の手の甲にふたたび唇を押しつけ、そっと舌を這わせた。火傷したみたいに熱く、思わず声が出てしまったけれど、彼は手を放してくれない。

甘くて淫らな、蕩かす愛撫。陸は足ががくがく震えて、倒れてしまいそうだった。

青天の霹靂とは、このことか。

この夢のように美しい人は、いったい何を言っているのだろうか。

呆然としている陸の耳に、優雅なワルツは奏でられ続けている。それが天上の調べか、悪夢のワルツなのかは、わからないままだった。

3

「エリージャ・ヴェレカー。二十五歳。ゴート子爵の嫡男。……ちゃくなんって、なに？」

パーティの翌日、疲れが出たらしい母とトマスは部屋から出てこない。陸はトマスから借りた貴族名鑑を見ながら、聞きなれない言葉に首を傾げた。

辞書で調べてみて意味を知ると、思わず大きな溜息が洩れた。エリージャが子爵家の、未来の跡取りだと書いてあったからだ。

現代でも貴族制度は脈々と存在している。

「子爵様じゃなくても、結婚なんてできるわけがないのになぁ」

またしても大きな溜息が洩れる。それも当然で、陸には問題が大きすぎた。

十三年ぶりの再会を果たした彼の唇から零れた言葉は、「結婚してください」だ。

エリージャの口から聞かされた彼の出自は、ありえないものだった。

イングランド貴族の名門として名高い、ゴート子爵家。その高家に生まれた彼は現在、大学院に進学。幼い頃日本に留学した経験を持つ。

「貴族の人って、きっと何もかもが別世界なんだな。何を考えているか、わかんないもの」

何回目になるかわからない溜息をつくのと同時に、扉がノックされた。

「陸様、失礼いたします。ただいま玄関にエリージャ・ヴェレカー様がお見えになっております。お通ししてよろしいでしょうか」

「えぇ?」

思いもかけない名前を聞かされて顔を上げた。どうしてエリージャが、ここにやってくるのだろう。

『ま、待って。あ、日本語じゃダメだ。えーと、Wait a bit.』

慌てて言い直すとメイドはニコニコ笑っている。幼く見える陸が英語を使っているのが、微笑ましいのだろう。

「エリージャが来ているって、ぼく宛てにいらしているのですか」

「はい、確かに陸様とおっしゃっていました。いかがいたしましょうか」

「もちろん行きます。今、エリージャは応接室にいるのかな」

「いえ、それが……」

メイドが戸惑った声を出す理由が、すぐにわかった。エリージャは大きな犬を連れて、ウィトキン家へやってきたのだ。

「こんにちは、エリージャ。今日は、どうなさったんですか」

彼は屋敷の中に入らず、玄関の外で陸を待っていた。ただ立っているだけなのに、すらりとした長身と端麗な容姿は、見惚れるほど美しい。

今日の彼は黒のジャケットに身をつつんでいて、タキシードの時とは趣が違っている。精悍な出で立ちも、ちょっとドキドキするほど恰好がいい。

エリージャが握るリードの先には、全身が真っ白の大型犬がいた。見事な毛並み、ほっそりと面長の顔は気品があり、つぶらな瞳は聡明さを表している。

「ボルゾイだ！」

陸は子供の頃から動物が大好きだが、こんな大きな犬と間近で接するのは初めてだった。

「突然お邪魔してすまない。今日は陸に見せたい仔がいて」

「見せたい子って、この子ですね。きれいな子！　ボルゾイっていうんですよね！」

「そう、ロシア原産のサイトハウンド。肢が長く美しい犬だ。以前はロシアン・ウルフハウンドと呼ばれていた。この子は母親のリリア。そして、もう一匹」

「もう一匹？」

エリージャは提げていたバッグの中から、むっくむくの白い塊を取り出した。それは。

「わぁ、仔犬だ！」

彼が大きな手で掴み上げた毛玉みたいな仔犬は、キョトキョト周りを見回している。耳が垂れているので、動くたびに耳もパタパタ揺れた。

「可愛い！　ぬいぐるみみたい！」

「だろう。生後二ヶ月だ。先日ワクチンが終了したので、初めての外出がてら陸にお披露目したくてね。そら、お兄ちゃんに挨拶しなさい」

　エリージャのバッグから出してもらった仔犬は、まず母犬のリリアに身を寄せ、フンフン匂いを嗅いでいたが、すぐに陸に気づいて近寄ってくる。

「可愛いなぁ。ぼく、動物が大好きなんです。でも、日本の家はアパートだから飼えなくて、いつも見ているだけでした」

「あなたが犬を嫌いでなくてよかった。私も動物が大好きなんだ。特に、こんな小さい仔を見ていると、たまらなくなる」

「わかります！　ぎゅーって、したくなっちゃいますよね！」

「そうだな」

「ぼく、わんちゃんのお尻が大好きなんです！　ぎゅーって、ぎゅーってしちゃおう！」

「はいはい」

　陸の子供っぽい表現が面白かったのか、エリージャは目を細めている。パーティの夜はぎこちなく別れてしまったが、今日は犬がいるせいか、とても話しやすいと思った。

　しばらくの間、人間は立ったまま。親子犬はキャッキャと楽しそうに庭を駆け回っていたが、さすがに風が冷たい。人も犬も、これでは凍えてしまう。

「外にずっといたら寒いでしょう。中に入ってお茶でもいかがですか。犬も入れていいか、聞いてきますから」

「いや、長居は遠慮するよ。家の中に犬を入れると迷惑になるし、外に繋いでおくには寒すぎる。今日は、この仔たちのお披露目をしたら帰るから」

「そうなんですか。嬉しい。こんな可愛い仔たちに会えて、すっごく得しちゃいました」

「喜んでもらえて、私も嬉しいよ。そうだ、もしよろしければ、この仔の名づけ親になってもらえないかな。正式名称は決まっているが、愛称がまだなので」

「愛称？」

走り回って満足したのか、仔犬は陸の脚にまとわりついてくる。それを抱き上げると顎を舐められる。それが可愛くて、またしてもギューッとしてしまった。リリアは行儀よく、足元に座り込んでいる。何とも美しい姿だ。

「正式名称がカールライザーというが、雄々しすぎて今のこの仔には似合わないでしょう。もっと愛らしい名前にしたい」

突然の申し出にびっくりしていると、腕の中の仔犬がキュウゥンと鳴いた。まるで、お兄ちゃんがお名前つけてと言っているみたいだ。

「責任重大ですけど、ぼくでよければ」

「よかった。リクと呼ぼうかとも思ったが、それはそれで、失礼になるかと思って」

「ぼく、わんちゃんと同じ名前なんですか？」

陸がそう言うと、エリージャは朗らかな声で笑った。そんな姿が意外で、ちょっと驚いた。でも、すぐに陸も一緒に笑いだす。

腕の中の仔犬が、「なぁに、なぁに」といった顔で陸の顔を覗き込んでくる。その仕草が可愛すぎて、またしても仔犬を抱きしめた瞬間。門扉が開き一台の車がすべり込んできた。

運転手席に座っているのはトマスでも祥子でもなく、エミリだった。彼女は車を停めると、すぐさま飛び降りてくる。

「エリージャ！　まぁ、どうなさったの？」

頬を赤らめてこちらに向かってくるエミリは、すぐに陸に気づき露骨に顔をしかめた。

「私が不在だったから、陸がエリージャのお相手をしてくれたのね。ありがとう。でも、もう結構よ。あとは私がやるわ」

慇懃無礼（いんぎんぶれい）といった話し方でそう言うと、彼女は陸を睨みつけた。その瞳の冷たさに陸がその場を離れようとしたその時。

「ワンッ」

陸の腕に抱かれていた仔犬が突然、大きな声を上げた。そのとたん、エミリが「ひっ」と声を上げ、後ずさった。我が仔の声を耳にして、母犬リリアも走り寄ってくる。仔犬の何倍もある大型犬を見て、エミリはパニックを起こしてしまった。

「いやっ！　私は犬なんか大嫌いっ！　こちらに近寄らせないで！」

陸が慌てて仔犬を抱きしめてエミリから離れ、エリージャがリリアのリードを引いた。

「すまない、びっくりさせてしまったね」

エリージャが謝罪したが、エミリは恐怖のせいで取り繕うことができず陸を睨みつける。

「陸、あなたね。あなたが、こんな犬を連れてきたんでしょうっ！」

「えっ、ぼ、ぼく？」

びっくりして答えてしまうと、それも気に入らないようにエミリは舌打ちした。

「何て嫌がらせをするの。私は犬が大嫌いだって、誰に聞いたの？　パパね！」

どうやらエミリは、陸が嫌がらせのために犬を引き入れたと思ったらしい。犬のリードはエリージャが握っているのだから、普通に考えれば飼い主が彼だとわかりそうなものだが、そんなことも判別できないぐらい怯え、憤慨しているのだ。

「犬を連れてきたのは私だ。きみが犬嫌いだと知らなかった。本当にすまない」

エリージャが謝罪したがエミリの怒りは収まらないらしい。その眼差しが怖かったけれど、ぐっと堪（こら）えて顔を上げた。

「あの、この子たちはすごくいい子です。今、ちょっと吠（ほ）えちゃったけど、リリアは噛んだりしません。こっちの仔は、まだ赤ちゃんっていうぐらい小さいし」

陸がそう言うとエミリは鬼の形相で怒鳴った。

「うるさいっ、この役立たず！」

そう怒鳴ると彼女は後ろも振り返らずに、屋敷の中へ入ってしまった。

あとに残されたエリージャと顔を見合わせ、言葉もない。

沈黙に耐えきれず、謝罪したのは陸だった。

「ごめんなさい。エミリを怒らせたのは、気が利かないぼくが悪かったんです。エリージャに嫌な思いをさせて、すみませんでした」

そう言うと陸は仔犬を抱きかかえたまま、地面に座り込んでしまった。仔犬は何もわからないので、ペロペロと陸の顔を舐めてくる。

先ほどまで楽しく笑っていたが、今はもう気持ちが沈んでしまった。

何だか指先が冷たい。まるで貧血を起こしたみたいに、頭の中がフラフラしている。せっかくエリージャと楽しくしていたのに。仔犬も、すごく可愛かったのに。

台無し。何もかも台無しになった感じ。

すごく悲しい気持ちになってしまい、気づけば目に映るものが滲んで見える。

こんなことで泣くなんて恥ずかしい。陸は俯いて、さりげなく目元を拭ったつもりだった。

だが、エリージャにはお見通しだったようだ。

「泣かないで」

そう言われて、無言でかぶりを振った。彼の指先は陸の髪を優しく撫でている。

「陸、ああ、陸。悪いのは不用意にリリアと仔犬を連れてきた私だ。あなたが喜んでくれればという一心だったが、犬が苦手な人がいるということを失念していた」

その言葉に、陸は何度もかぶりを振った。彼は悪くない。少しも悪くない。

「エリージャが謝ることじゃありません。ごめんなさい、せっかく犬たちを連れてきてくれたのに」

「いいや。あなたは悪くない。責められるべきなのは、迂闊だった私だ」

座り込んでいる陸の目の前にエリージャも膝をついた。そして涙に濡れた頬へ、そっとキスをする。パーティの夜にされた求婚のキスでなく、優しく慰めるキスだ。

穏やかで温かい触れ合いに、ザラザラしていた心が落ち着いてくる。

エリージャに触れられるのは、心地いい。

ドキドキする高揚感もない、ザワザワする背徳感もない。そんなキスが、とても穏やかに陸の痛みを癒やしてくれていた。

十三年前も、彼は泣いていた陸を癒やしてくれた。あの時の胸のときめきは、きっと一生忘れることはない。

どんな時も。

何があっても。

しばらく身動きをしなかったが、腕の中の仔犬がキュ～ンと鳴いて、陸は長い時間、エリージャに抱きしめられていたことに気づき、顔を上げた。

「あ、ごめんなさい！　な、何か安心しちゃって」

「安心？　それは嬉しい言葉だ。こうして抱きしめることができて、私は嬉しかった。どうか、もう謝らないで」

そう言うと彼は、ふたたび陸の頬にキスをした。

「今度、公園で待ち合わせをしようか？　ドッグランのある公園で、リリアと仔犬を遊ばせよう。それだったら、誰も不快な思いをしない」

その提案に、陸は瞳を輝かせた。ドッグランで遊ぶ二匹は、ものすごく可愛いだろう。

「すごい、一緒に行きたいです！」

瞳を輝かせた陸の答えに彼は微笑み、またしても頬にキスをした。

三度目のキスだから、さすがに、もう驚かない。嫌じゃない。

――――むしろ、もっと触れてほしい。

「エリージャ……」

「では約束だ。私とあなた、それにリリアと仔犬でドッグランに行くこと」

「は、はい！」

即答すると彼は苦笑を浮かべて天を仰ぐ。そのオーバーな反応に、陸が首を傾げると。

「あなたは今、本気でドッグランにだけ反応したね。そのエスコートは、別に私でなく、トマ

「スや他の男でもいいみたいだ」

「そんなことはありません。だってリリアと、ちびちゃんに会いたいし」

「犬たちはともかく、私はどうですか。私には会いたくない?」

駄々っ子のように言われて、思わず微笑みが零れる。こんな立派な紳士が、いったいどうしたことだろう。

「会いたい。会いたいです」

「本当に？」

「はい」

　そこまで言うと、ようやく満足したらしい。エリージャは胸元のポケットからメモ帳を出すと何かを記し、それを切り取った。

「私の電話番号。何かあれば、いつでも電話をどうぞ。ああ、それからドッグランでは私と手を繋いで、歩いてくれると約束してくれ」

「手？　どうして手を繋ぐんですか」

「どうしてって、それはもちろん、あなたに触れたいからだ。変なことかな」

　ごく当然のように言われて、何だか気が抜ける。

「だって。お、男同士だし。それに、ぼくは日本人で、あなたは英国人でしょう」

「今さらなことだが、確かに私は英国人で、あなたは日本人だね。それがどうした？」

「英国に来てから『日本人のくせに』って言われたことがあって、……気になったんです。日本人はあまり、この国で受け入れられてないのかなって。それに、エリージャは子爵なんでしょう？　貴族の方と外国人が仲良くするのも、ダメなのかなって」

「ダメなことなどあるものか。それに子爵は父だ。確かに恩恵を受けて育った自覚はあるが、私が自由にできる財はないよ。今の私は父の見習いだと思ってくれ」

「でも、身分が違うと思います」

「身分違いとは、また面倒なことを言い出したね」

陸も貴族社会や私有財産のことなどわかっていない。テレビで流れる王室の映像を観て、別世界だなぁと思う程度だ。だけど、自分が馴れ馴れしくしていい人とは思えない。

「あなたをエスコートしたいんだ。可愛い私のお姫様」

陸の額に優しいキスが降りてくる。

ずっと昔にも言われたお姫様の一言に、くすぐったさと面映ゆさが同居する。自分は男だから、お姫様扱いされても嬉しくない。嬉しくないはずなのに。

どうして、こんなに胸の奥が熱いのか。そして、なぜ照れくさくて嬉しいと思うのか。

――どうしてなのかな。

□□□

結局エリージャは屋敷の中に入らず、リリアと仔犬を連れて帰っていった。

せっかく来てくれたのに家の中に通すこともせず、お茶一つ出していない。申し訳なかったなと思いながら屋敷の中に戻り、自室の扉を開く。そこで陸の動きは止まった。

部屋の中には、エミリがいたからだ。

彼女の家だから、どこにいようと自由だ。しかし、男の陸に割り振られている部屋に、女性が入ることは感心できない。陸は知らずのうちに眉を顰めた。

「何かご用ですか」

「本当にひどい英語だわ。下町のスラングみたい」

そう言うエミリは、陸が何をしても気に入らないのだろう。

「あなた、ずっと外でエリージャと一緒だったでしょう。何を話していたか言いなさい」

高圧的な物言いをされたが、陸は口答えをしなかった。エミリはトマスの連れ子。穏便に付き合いたいと思っていた。

だが、こうも突っかかってこられると、ただの言いがかりだとわかる。

それだけに、どう対応していいのかわからない。自分が不用意な態度を取れば、彼女との関係が悪化してしまうだろう。

母のために、エミリとは仲良くしておきたい。自分はどうでも母はこれから、この家で暮らしていくのだ。少しでも遺恨は減らしたい。

「犬の話をしていただけです」

「うそ！　私が中に入っても、エリージャはまだ帰らなかったわ。あなたが引き留めたからでしょう。彼は私に会いに来てくれたのに！　それに、あんな高貴な人を外に立たせっぱなしにするなんて、信じられない！」

エリージャは寒風の中、勧めても家の中に入ろうとしなかった。犬がいたからだ。

陸に会わせたいからと連れてきてくれた犬が、万が一にも住居に傷をつけないようにと気遣ってくれたから、家の中には入らなかったのだ。

エミリにそう言おうとしたが、口が開かない。

「エリージャは、私のことを前から気にしていたわ。いつ会っても優しいし、とても紳士的に接してくれるのよ。でも昨夜はあなたが邪魔をしたから、ゆっくりできなかった」

早口の英語でまくし立て、陸のせいでエリージャと仲良くできなかったと責めているのだ。

しかし、的を外れすぎた言い分だった。

昨夜、エリージャは陸とエミリの諍いを止めてくれたのだ。彼らが仲良くしているところを、陸が邪魔したわけではない。

「まさか、あなた彼に気があるなんて言わないわよね？」

心中を見抜いた言葉に顔を上げると、彼女は憎々し気な瞳で陸を睨みつけていた。

「汚らわしい。男で、日本人のくせに！　彼は渡さない。エリージャは私のものよ！」

エミリの思い込みの激しさに、陸は言葉が出なかった。だが母の再婚を考えると、無下に扱うことはできない。彼女はトマスの一人娘だ。

「二度とエリージャに近寄らないで！　彼は私を愛しているって言ったわ。私はプロポーズもされているの。婚約者も同然よ。まぁ、男のあなたには関係ない話よね。ふふふっ」

嫌な笑い方をされて、思わず眉間に皺が寄ってしまった。本当にエリージャは、エミリと仲がいいのだろうか。求婚するほどの間柄だったなんて。驚いたが、すぐに疑問と違和感を抱く。彼女がこうも激しく二人の仲を主張するのは、おかしい気がする。それに。

――それに、彼は自分を花嫁にしたいと言った。

昨夜の求婚を信じているわけじゃない。パーティなんていう場だし、彼は酒を飲んでいたかもしれない。戯れと考えるほうが自然なのは、陸のような年齢でもわかる。

けれど、たった今、一緒に笑ってくれたエリージャは、特別な気がする。

一緒にドッグランに行こうと囁いた彼が見つめていたのは、きっと陸だけ。犬が嫌いと言い放ったエミリは、一緒に行こうなんて言われない。

そんなことがわけのわからない優越感になって、ちょっとだけ気分がいいのは、我ながら子供じみていると思うけど。これは陸と彼だけのひみつ。

ひみつ、なのだ。

「エリージャとは犬の話をして別れました。もういいですか、出ていってください」

素っ気ない物言いをすると、エミリもたじろいでいる。それでも、まだ言い足りなかったのか、意地の悪い表情を浮かべた。

「とにかく、自分の醜さをよく知っておきなさい。あなたみたいな人がエリージャの隣に立つなんて、とんでもないわ！」

エミリは陸の部屋に立ち入った謝罪もせず、言いたいだけ言うと部屋を出ていってしまった。まるで嵐だ。嫌な気持ちを与えて消えた彼女を、陸は複雑な気持ちで見送る。

陸は重い気持ちを抱えたまま窓に近づくと、大きく開いた。女ものの香水の匂いが残っていて、何となく気分がよくない。香水はあまり好きじゃない。

だけどエリージャのコロンの香りだけは、すごく素敵だと思った。

日本の墨に似た、清廉な香りだ。彼にとてもよく似合う。あの匂いなら、ずっとそばにあっていい。そんなくだらないことを思い、笑みが浮かぶ。

だが次の瞬間、ぽろっと涙が零れ落ち、頬をころころと転がっていった。

「あ、あれ？」

慌てて頬を押さえようとしたが、次から次へと涙は零れ落ちて胸元を濡らした。

どうして涙が出るのだろう。

醜いと罵られたことか。覚えのない言いがかりをつけられたことか。それとも。

それとも、エリージャと陸だけの空間に、土足で踏み入られたと感じたせいだろうか。

「ば、莫迦みたい……」

手の甲で涙をぬぐい、顔を上げた。するとまた、涙が滲んでしまう。

エリージャ。

子供の時に出会って、再会して、そして今日。

たったこれだけしか会っていないのに、陸の心の奥底に入り込んできた彼。

私の可愛いお姫様と囁く彼。

あの人は王子様。本当なら自分なんか、そばにいることも許されない人。未来の子爵様である彼に似合うのは、可愛らしいお姫様。自分なんか絶対にそばに寄れない。

近づいてはいけない。

これ以上、どんな感情も抱いてはいけない人なのだ。

□□□

「祥子、陸、それにエミリ。話があります」

ようやく起きてきたトマスと祥子を交えたお茶の席。今日はめずらしくエミリも同席していた。普段の彼は日本語で話しかけてくれるのに、今日は英語。エミリにもちゃんと話を聞いてもらいたいからだ。

　トマスは座っていたソファから立ち上がり、大きな封筒を持って席に戻った。

「祥子が私の妻になってくれて、家族が増えた。それで将来、私が死んだあとの話をしたい。遺産相続を考えたい。と思ってね」

「死、死ぬってお父さん、何を言っているの」

「今のところ死ぬ予定はないが、人生は何が起こるかわからないだろう」

　陸が引きつった悲鳴のような声を出すと、彼は安心させるように笑い、分厚いファイルを取り出した。

「今までは財産のほとんどがエミリ、残りを動物保護団体へ寄付しようと思っていた。だが遺言書を作成し直したんだ。財産は4に分割して、1が祥子、1がエミリ、1が陸。そして私は動物を助けたいので、最後の1を保護団体に残したいと思う」

　信じられない思いで、陸はトマスを見つめた。エミリが相続するのは当然として、結婚したばかりの母を相続対象にしてくれる。それは、とてもありがたい話だと思った。

　でも、どうして自分などが対象になるのだろう。

「お父さん、遺産なんて言わないで。悪いことが起こりそうで怖いよ」

「陸は迷信深いのかな。遺産の話をしたら悪いことが起きるなんて、ありえないよ。でも、心配してくれて、ありがとう」

そう言って苦笑いを浮かべる義父を、心配そうに見る陸のことを、エミリは鼻で嗤った。

「あんたは莫迦なの？　生きている時に遺産の話をしないで、いつするっていうの。黙って口を開けていれば、金が入ってくるとでも思っているの？　いいから黙ってなさいよ」

辛辣な口調で陸を黙らせると、彼女はトマスに向き合った。

「パパ、どういうこと？　どうして遺産をこの二人や、保護団体なんかに分けなくちゃいけないの？　ウィトキン家の人間は私だけよ！」

「エミリ。結婚は、配偶者に対して責任が生じる。責任だけでなく愛情もある。だから財産分与をすべきだ。動物保護団体も同じで、飼い主のいない犬や猫を助けてやりたい」

「嫌よ！　あとから出てきたくせに、私の財産を盗ろうっていうの？」

「盗るのではない。贈与だ。祥子や陸、そしてエミリに私からのプレゼントだよ。それと、恵まれない動物にもね。お前はいつか恋人を見つけて嫁ぐだろう。そうしたら、その結婚相手との財産を管理するようになる」

「莫迦げているわ！　ウィトキン家の財産を野蛮人や、得体の知れないノラ犬に分け与えるなんてクレイジーよ！　パパは、こいつらに騙されているんだわ！」

「エミリ！」

とたんに厳しいトマスの声が飛び、エミリの身体が震えた。

「訂正して二人に謝罪しなさい。きみは今、私の妻と息子を侮辱した。たとえ我が娘でも、絶対に許されないことだ。私の大切な家族を蔑ろにしたことを謝りたまえ」

つねに穏やかなトマスが、厳しい瞳で我が子を見つめていた。そばに座る祥子は一言も発さず、ただ成り行きを見守っている。

「パパは私より、その醜い日本人が大事なのね」

「何てことを言うんだ！　二人は醜くなんかない。いや、美しい。異文化や人種の違いを受け入れられないきみのほうが無教養で、傲慢で愚かだ！」

トマスがきつい声を出すとエミリは身体を震わせた。そして怖い目で祥子と陸を睨む。

「パパを抱き込んで、遺産を手にしたつもりでしょうけど、そうはいかないわ。あんたたちなんか、呪われればいいのよ！」

「エミリ！」

トマスの叱責を聞かず、彼女は部屋を飛び出して自室に閉じこもってしまった。

室内は言いようがないほど、気まずい空気が流れている。だが祥子が立ち上がると、トマスを抱きしめた。

「今のは、あなたが厳しすぎたわ。女はね、自分を差し置いて誰かが褒められたり大事にされたりすると、頭に血が上る生き物なのよ。それこそ幼児から老年までね」

静かに諭すと、トマスも頷いていた。

「正直、私はエミリの心がわからない。幼い頃に母親を亡くしたのに、私が仕事にかまけて相手をしてやれなかった。あの子を、ちゃんと育てなかった私が悪い」

「娘にとって父親は、全世界で誰よりも自分を愛して、守ってくれる存在なの。その大切な人が、自分よりも他の女を庇ったら、誰でも激高したり落胆したりするのよ」

トマスは大きな溜息をつくと、そばに座る陸を見た。

「陸、すまなかったね。あんな心無い話を聞かせるつもりはなかったんだ」

「あの、ぼくは遺産なんかいりません。さっきも言った通り、遺産だなんて言わないで。お父さんはずっと元気で、母と一緒にいてくれなくちゃ困ります！」

そう捲くし立てるとトマスは目を見開き、次の瞬間には大笑いをした。

「一緒にいてくれなくちゃ困る、……そうかぁ」

「そうです。母のことはお父さんに任せたんですから。それに、動物愛護のこともあるし。これから、ぼくも少しずつ寄付していこう。動物、好きだもん」

陸が励ますように言うと、トマスは微笑んだまま頷いた。

「うん。私は子供の頃から動物が大好きでね。少しでも力になりたい。私財を犬猫に投じるのを愚かと言われても仕方がないが、損得抜きで、自分がやれることをしたいんだ」

そう言うトマスに陸は顔を寄せて、きゅっと抱きついた。

この人が、母の再婚相手でよかった。自分の父親になってくれてよかった。

そんな気持ちを言葉にできなかったから思わず抱きついてしまった。トマスはそんな陸の背中を、ポンポンと叩いてくれる。本物の親子のように。

「親愛の情を交わしている時に悪いけど、今日は出かけるから、準備をしないとね」

冷静な祥子の声に、ひとしきり抱き合ったトマスと陸はハッと顔を上げた。いつまでも抱き合う不自然さに気づいたからだ。

「ご、ごめんなさい。じゃあ、ぼく部屋に戻ります」

「おお、うっかりしていた。もう、そんな時間か」

陸もトマスも何となく気恥ずかしく立ち上がり、部屋へと撤収した。

部屋に入るとすぐに、扉をノックする音がする。もしかしてエミリが追いかけてきたのかと身を硬くしたが、母の声で「私よ」と言われて警戒を解いた。

扉が開くと、きれいにドレスアップした姿の母が入ってきた。光る素材のドレスは華やかで、とてもきれいだ。

「さっきはお父さんにベタベタして、ごめんなさい」

「何を謝るの。仲が良くてありがたいわ。……子供だと高を括(くく)っていたけれど、知らない間に大人になっているものなのね」

改めて言われると恥ずかしかったが祥子が怒っていないので、ちょっとホッとする。

だが、いきなり祥子が頭を下げたので、陸は瞬きして見直してしまった。

「今まで、あなたには悪いことばかりしてきたわ」

「悪いことって？　急にどうしたの」

「お父さんが亡くなって、生活は激変した。女手一つで子供を育てるのは、並大抵なことじゃなかった。でも、あなたにつらく当たる理由にはならないわ。それを謝りたいの」

いきなり母親に謝罪されれば誰しも驚く。陸の場合、驚きが普通の人より大きい。

彼女は陸に謝ることはしないと、勝手に思い込んできたからだ。

「無理をしすぎたんだよ。もっと、おじいちゃんおばあちゃんに頼ればよかったのに」

「あなたが幼稚園ぐらいの頃は、よく預かってもらったけどね。それから二人とも大きな病気をして、相次いで亡くなってしまったし」

確かに祖父母は続けざまに亡くなったので、誰にも頼れなかったのだろう。今さらながら、母の苦労を思うと胸が痛くなる。

世の中には、もっと楽に生きている人がいる。それなのに、なぜか母は苦労ばかりなのだ。

「たった一人で子育てをしているのだから、子供に当たっても当然だと傲慢な勘違いをしていたの。でもトマスに出会って、人間はお互いを尊重し合うのだと教えられたわ。トマスもエミリとの問題を抱えていたから、だからこそ共感できたの」

母の口から、こんな言葉が出るなんて、本当にすごい。

ずっと苦労していても、母の心根（こころね）は捻じ曲がることがなかったのだ。

愛は人の気持ちを変える。

愛ってすごい。陳腐な言葉だが素直にそう思う。

母は夫を喪ったあとは子供を抱え、両親が相次いで亡くなっても頑張ってきた。だからこそトマスと出会い愛されて、心が柔軟になった。人を愛し許せるようになったのだ。

愛ってすごい。人の気持ちって、本当にすごい。

「陸、私のことを怒っている？」

声音はいつもと変わらないが、伺うような問いかけに彼女の不安を感じ取った。

この人は不安だったのか。

陸は母を怖いと思い、嫌われないように必死だった。そんな滑稽な子供の気持ちなど、どうでもいいのだろうと思っていた。でも、それも不安の裏返しだったのかもしれない。

「怒ってないよ。だって、忙しかったんだもん。そういえば忙しいって漢字は、心を亡くすって書くんだよね」

「そうね。心を亡くすって、まさにその通りね」

いつの間にか声が出てしまったらしい。陸は慌てて言い直す。

「前のことなんか気にしてないよ。お母さん怖いけど、でも好きだもん」

この屈託ない台詞に母は驚いた顔をして、次に苦笑を浮かべた。

「怖いけど、でも好きだもん、……ねぇ。あなたの、そういうところに救われるわ。時間がないから、もう行くわね。今日の約束は遅れるわけにいかないから」

言いたいだけ言うと肩を竦め、母は部屋を出ていってしまった。

「いってらっしゃい」

誰もいない部屋でポツンと呟くと、陸は手持ちぶさたな感じでベッドに座り込む。

座ったまま窓の外を眺めると、ちょうどトマスの車が門扉から出ていくのが見えた。母も助手席に乗っているのだろう。

何となく幸せな、何となくくすぐったいような、そんな気持ちだ。母とあんなに親密な話をしたのが、初めてだったせいだろう。

ふと目に入ったベッドサイドの電話を見て、エリージャの顔が浮かぶ。こんな時、彼の声が聞けたら、ものすごく嬉しいだろうなと思った。

いや、幸福以外の何ものでもない。

勇気を出して受話器を上げ、もらったメモに書かれた電話番号を押す。しばらくのコール音のあと、「hello?」と出た。声を聞いただけで、きゅっと胸が絞めつけられる。どうしてこんな気持ちになるのか、自分でもわからない。

「あの、エリージャ？」

気持ちの乱れを押し隠して日本語で問いかけると、すぐに嬉しそうな声が返ってくる。

『陸、陸だね。どうした？　あなたから電話なんて、嬉しいな』

「急にごめんなさい。エリージャの声が聞きたかったんです」

そう言うと彼は黙ってしまった。何か変なことを言ったろうかと首を傾げた。

「エリージャ？」

『ああ、失礼。邪気のない殺し文句は、すごいと感動していた』

何のことだろうとまた首を傾げつつも、電話を長引かせては失礼だからと、話を始めた。先ほどの母とのやり取りを、どうしても話したかったからだ。

「それで、母に「救われた」って言われて、じわじわ幸せな気持ちになりました」

『素敵だね。祥子は慈愛に満ちているから、みんなを幸せにする。そして、その力は陸にも引き継がれているね』

「ぼく？　ぼくは何の力もないです」

『あるよ。あなたからの電話で、私は気持ちが高揚した。声が聞きたかったと言ってもらえて、夢見る気持ちになった。こうやって、あなたは人を幸福にしているんだ』

衒いのない言葉に、胸がドキドキした。だけど、気持ちを押し隠す。

「それ、言い方を変えているだけで、言っていることは一緒ですよね」

笑いを滲ませて言うと、電話の向こうでも笑い声が聞こえた。

『やはりあなたはすばらしい。話をしているだけで、胸がときめく』

「ぼくも同じです。エリージャに電話する前、すごく胸が弾みました。でも実際に電話が繋がったら幸せな気持ちになれました。こんな気持ちになったのは初めてです」

そう言うと、また無言だ。どうしたのだろうと話しかけようとした瞬間。

『陸、改めて申し込む。結婚してください』

今度は、こちらが無言になる番だった。こんな不意打ちをされたら、どう答えていいのか。

「でもエリージャは、エミリと結婚するんですよね」

『何の話だ？』

「彼女から聞きました。エリージャにはプロポーズされているって」

『初耳だな。陸、まさかそんな莫迦な話を、信じているのか』

「エミリは、『彼は私を愛しているって言ったわ。プロポーズされているの』って言いました。婚約者も同然って、でも、でも……」

エリージャは、自分に求婚したのに。

あの囁きは何だったのだ。あのくちづけは、嘘なのか。

そう思った瞬間、涙が滲んだ。泣いていることを悟られたくなくて口を押えると、すぐに優しい声が聞こえてくる。

『陸、泣いているの？』

ハッとして目を見開くと、小さな溜息が聞こえてくる。

『あなたを、きつく抱きしめたい。いいか、エミリの話を信じないでくれ。彼女の真意はわからないが、私は二人の人間に求愛できる男ではない』

そう言われても、どう信じていいのか。だが、エリージャの言うことを信じたいと思う。彼は、嘘を言っていない。

泣き声になりそうだったので、しばらくの間は言葉が出ない。でも、しゃくり上げながら、何とかしゃべった。

「エリージャの口からデタラメだと言われて、何だかホッとしちゃった」

『じゃあ私の言うことを、信じてくれる？』

「エリージャ、ぼくは、十三年前に会った金髪の王子様に、また会えて幸せです」

『王子様？　それは私のことかな』

「はい。子供の目で見たら金髪で琥珀色の瞳なんて、王子様にしか見えないもん」

エリージャが何か言い返そうとしたその時、扉を激しくノックする音が響いた。

「あ、ごめんなさい。誰か来たみたいなので、ちょっとだけ待っていて」

受話器をサイドテーブルに置いて、扉を開こうとすると廊下側から開かれた。いつも世話をしてくれる、メイドのうちの一人だ。彼女の顔色は、蒼白だった。

「どうしたの？　真っ青だよ」

「た、ただいま警察から電話がありまして、旦那様と奥様が乗られた車が事故に遭われたと言うんです！　大至急、ご家族にお話があると！」

予想さえしていなかった突然の言葉に、唖然としてしまった。頭がうまく働かず、何度も瞬きを繰り返してしまう。

「お父さんたちが事故って、どうしてそんな……っ。今、出かけたばかりなのに！」

差し出された電話機に手を伸ばすと、それは横から引ったくられるようにして奪われる。部屋に閉じこもっていたはずのエミリだ。

「パパが事故に遭ったって、どういうこと！」

しばらく話を聞いていた彼女は、「なーんだ」と言った。その顔は、くだらない話を聞かされて面倒だという顔つきだ。

「わかったわ、もう結構よ。バーイ」

軽い調子で別れの言葉を口にして、彼女は電話を切ってしまった。

「お父さんたちはケガをしていないの？　二人の様子は」

陸がつねにない大声でそう訊くと彼女は驚いた表情で、目を見開いている。だが、すぐにいつもの意地の悪い表情に戻った。

「パパの車がトラックに衝突されたけど、かすり傷で命に別状はないって」

その一言に陸もそばにいたメイドも、安堵の溜息をつく。しかし。

「運転手席にいたパパは無事だったけど、助手席にいた日本人女は、外に放り出されて即死だったそうよ。人騒がせよね」

「え？」

まった。

その言葉を聞いた瞬間、世界が割れたような音が頭の中でして、目の前が真っ白になってし

陸の隣にいたメイドが「奥様！」と悲鳴を上げる。

「奥様、奥様が亡くなったなんて信じられない！　そんなひどい！」

「あら、パパは無事だったのよ。不幸中の幸いよねぇ」

笑う女の声。すすり泣く声。それを見て、また笑う声。

陸が何も言えず呆然としていると、微かな声が聞こえた。

何だろうと思って顔を上げると、それはサイドテーブルに置いたままの受話器から、声がし

ていたのだ。

なんだろう。

うるさい。————うるさい。

今、何も聞きたくない。何も、しゃべりたくないのに。

電話機に戻そう。そうだ。だって今、何も聞きたくない。聞けない。聞きたくない。

無意識のうちに受話器を下ろす寸前、「陸！」と鋭い声がした。

それを聞いた瞬間、身体が揺らめき、受話器を耳に当てる。

「だれ？」

「即死よ。即・死！」

『私だ。今の話は何だ。亡くなったというのは、誰のことだ！』

ものすごく切迫した声が受話器から聞こえた。けれど、まるで水の中で聞いているみたいに、ふわふわと聞こえてくる。

この水の中で、自分に起こった事態を説明するのが、滑稽に思えた。

「死んだのは、ぼくの母です。母が、高樹祥子が、事故で死んだそうです」

『何てことだ。トマスは、トマスもか？　まさか彼も？』

「もういいですか。失礼します」

まだ自分の名を呼ぶ声が聞こえたが、今度こそ迷いなく受話器を置いた。もう、誰の声も聞きたくなかった。誰の声もだ。

聞きたいのは、母の声。

いつも棘のあることしか言わない、それでいてどこか少女のような人の声だけだ。

(怖いけど、でも好きだもん、……ねぇ。あなたの、そういうところに救われるわ)

最後に聞いたのは、こんな言葉。何の変哲もないやり取りだ。

これから、もっと普通の会話をするはずだった。

今までのギクシャクした時間を取り戻し、親子として普通の話をするはずだった。

愛する人に守られ、仕事に追われる生活に終止符が打てる。トマスと二人で、ようやく楽しい人生を送れるはずだった。今までの苦労を払拭し、幸せになるはずだったのに。

はずだった。はずだった。はずだった。

何もかもが「はずだった」ばかり。虚しく響く「はずだった」。

意味がわからない。さっきまで、そばにいた人が突然この世から消えた。そんなことが、ありえるのか。なぜ大切な人がいなくなってしまうのか。

「お母さん、……お母さん」

世界の理は、残酷すぎる。どんなに必死に生きていても、当たり前のように命は消えゆくのか。人生も閉じられて当然なのか。

「おかあさん……っ」

唇から零れたのは、悲痛な母を呼ぶ幼子の声。だけど、その子供に差し伸べられる母の手はない。どこにもない。

もう、永遠に。

4

エリージャがウィトキン家を訪ねてきたのは、電話を切って、すぐのことだった。

家中が沈み、誰もがどうしていいかわからなくなっていた時に現れた彼は、玄関に入るとメイドにまず陸の部屋を尋ねた。

「陸の部屋はどこかな。今すぐ会いたい」

「二階に上がられて、左側の奥のお部屋になります」

突然の貴公子の登場にメイドたちはざわめいたが、彼は構っていなかった。一番年長そうなメイドを見ると、「きみ」と声をかける。

「お呼びでございますか」

「これからトマスが入院している病院に行くので、陸が出かけられるよう支度を整えてくれ。それとトマスの容体によっては、入院が必要になるかもしれない。入院の準備と、念のためにコートも用意して。エミリは？」

問われたメイドは言いにくそうに言葉を詰まらせ、それから答えた。

「先ほど、お出かけになられました。あの、多分、今夜はお帰りにならないかと」

「父親が事故に遭って病院にいるというのに、何をしているんだ」

彼はそう言うと階段を駆け上り、教えてもらった部屋の扉の前に立つ。そしてノックをしたが、応答はなかった。

「エリージャだ。入るよ」

答えを待つことなく彼は扉を開き、部屋の隅のベッドを見る。しかしそこは、もぬけの殻(から)だった。彼は真っすぐ部屋の中を歩くと、窓を開けて外を見下ろした。

「……いない」

ふーっと溜息をつくと窓を閉め、部屋の中をぐるりと見回して、出入り口とは違う、もう一つの扉があることに気づく。

「陸、そこにいるのか。私です」

穏やかだけど、しっかりした声で言ってから扉を開いた。そこはバスルームだ。

水音がする浴槽に足を向け、シャワーカーテンを開く。するとそこには服を着たままの陸が丸くなって座り込んでいた。

髪も洋服も、ぐっしょりと濡れている。それでも陸は身動き一つしなかった。

エリージャは陸の腕を引っ張り、立たせようとした。だが、陸は差し伸べられた手を、撥(は)ねのける。抵抗とはいえないぐらい、力のない動きだ。

「何をしている。さぁ、部屋に戻るぞ」

そう言われて、陸は少しだけ顔を上げる。けれど、その瞳に生気はない。

「……って、いうし。だから、ぼくは」

彼は手を伸ばすとシャワーの元栓を閉め、陸の両頬を手でつつんだ。

「誰が、何を、あなたに、言ったんだ」

一言ずつ区切って言われて、陸は不思議そうな顔でエリージャを見た。

「パパは無事だったけど、助手席にいた日本人女は、外に放り出されて死んだって言った」

「それから？」

「人騒がせよねって」

「エミリが、そう言ったのか」

その問いかけに陸は、頑是ない子供のように頷く。

「パパは無事だったのよ。不幸中の幸いよねぇって言った。ぼくの母が即死だと聞いても、人騒がせだって笑った。――――笑ったの」

熱に浮かされたようにして一気にしゃべると、次の瞬間、陸の瞳から大粒の涙が溢れる。止まらなかった。

エリージャは自分が濡れることも厭わず、陸を強く抱きしめた。

「つらい思いをしたね。可哀想に。だが、あなたは今、しなくてはいけないことがある。一つ目はトマスの状態を確認すること。二つ目は、祥子を迎えに行くことだ」

「お母さんを迎えに……」

「そう。あなたしか祥子を迎えに行くことはできない。トマスは傷つき、身動きが取れないだろう。あなたが行かなくては、二人は家に帰れない」

そう言われ陸は目を見開き、何度も瞬いた。

「お母さん、死んじゃったのに家に帰ってくるの?」

「もちろんだ。亡くなったからこそ、大事な家に帰らせてあげなくてはならない。彼女をこの家に帰らせてあげられるのは、陸、あなただけだ」

その一言を聞いて、身体が震える。

そうだ。母はトマスと暮らすことを喜んでいた。

あえて口には出さなかったけれど、陸にはわかる。強気で意地っ張りで、そして頑張り屋の母は、トマスと一緒に生きていけるのを本当に楽しみにしていたのだ。

まるで少女のように胸をときめかせながら、大切な人の花嫁になることを夢みていた。素っ気ないフリをしていたけど、嫁ぐ日を待っていたのだ。

「おかあさんを、つれてかえらなきゃ……」

「陸」

母を連れて帰ってあげなくちゃ。トマスの元に、嫁ぐことを願っていたこの家に。

「ぼくがお母さんと、お父さんを連れて帰らなくては」

自分がしっかりしなくちゃダメだ。

幸せになる直前で儚く死んでしまったあの人を、静かに眠らせてあげたい。

陸は唇を噛みしめて、立ち上がった。その瞳には正気の光が戻っている。

「陸、できるか」

「できます。いいえ、やらなくちゃ」

先ほどまでの頼りない目つきとは違う、意志の宿った瞳でエリージャを見つめた。

「ごめんなさい。もう大丈夫。ちゃんと頑張りますから」

「上出来だ。では、まず着替えてもらわなくては」

二人がバスルームを出ると、メイドたちが部屋の中で様子を伺うような顔で立っている。どうやら、陸が心配で待機していてくれたのだ。そのことに、陸の胸が熱くなる。

母の死を聞いて、心が砕けてしまった。でも、投げやりになる理由にはならない。

自分が恥ずかしかった。

皆がこんなに自分を思ってくれているのに、いったい何をしているのだろう。

「陸様、こんなにずぶ濡れになって。お寒いでしょう」

「バスローブをお持ちして。それとタオルと、温かい飲み物を」

メイド同士でテキパキと指示が飛んで、陸の濡れた服が剥がされそうになる。濡れた服を押さえて、真っ赤になってしまった。

「だ、大丈夫、自分で着替えられます」

「左様でございますか？　ご遠慮なくお申し付けくださいね。エリージャ様も濡れていらっしゃいますね。トマス様のお洋服でよろしければ、すぐ用意できますが」

しかし長身で筋肉質の彼と、それほど身長も高くなく、ぽっちゃり型のトマスでは体型が違いすぎる。陸が心配そうに彼を見た。

「着替えを持ってきてもらうよう、連絡するから大丈夫。三十分もかからないだろう」

エリージャはそう言うと自宅に電話をかけて、手配をしてしまった。その様子を見て、陸は申し訳ない気持ちになってしまった。

自分はいったい、何をしているのか。何を呆けて、水浴びなんかしてしまったのだろう。そんなことをしても、お母さんは帰ってこない。

――――帰ってこない。

陸は顔を上げると明るい声を出した。

「ぼく、もう一回シャワーを浴びて着替えてきます。エリージャもバスを使って、着替えが届くまでバスローブを着ていてください」

そう言いおいて浴室に入ると濡れた服を脱ぎ、シャワーを浴びる。今度はちゃんとした、温かいお湯だ。なぜ、さっきは冷水を浴びるような真似をしたのか。

悲しすぎたから。エミリにひどいことを言われたから。すべてが嫌になったから。

何もかも子供みたいな理由だ。自分は愚かで、そして弱い生き物だ。

そこまで考えてブルブルと首を振り、降り注ぐ温かいシャワーの雨で顔を拭う。

「しっかりしなくちゃ。ぼくが、しっかりしなきゃ！」

そう呟きシャワーを止めた。タオルで拭ってから服を着ると、気持ちがシャキッとする。

母が急死し、義父が傷ついている。

今、強くならなくて、いつ、強くなるというのだ。

浴室から出るとエリージャの姿はなく、代わりに初老の男性が扉の横に立っていた。彼は陸に向かって会釈をする。

「はじめまして。ゴート子爵家執事を務めております、テイト・サリヴァンと申します。お邪魔をして、申し訳ございません」

「執事さん……、あ、それじゃエリージャは」

「はい。ただいま別室をお借りして、着替えておられます。エリージャ様の着替えが終わりましたら、当家の車にて病院までお送りするので、しばしお待ちくださいとのことです」

テイトは多分、事情をすべて知っている。彼はすごく陸に気を遣ってくれているのだ。

人に甘えちゃだめだ。

他人に甘えていい理由なんか、どこにもない。自分のことは、自分でやらなきゃ。それが、どんなにつらいことでも。どんなに目を背けたいことであっても。

「ごめん、お待たせしました」

部屋に戻ってきたエリージャは、黒のスーツ姿だ。多分、母への敬意を表して、黒い服を選んでくれたのだ。それを思うと、胸が熱くなる。

「では病院に行こう。エミリは戻ってきたのかな」

「まだお戻りではございません」

メイドは感情のない声で答える。だが、納得してはいないのか、眉間に深い皺が刻まれている。それも当然で、父親が事故に遭い義母が亡くなっていることを、彼女は承知しているのだ。着飾って遊びに行く神経は常人にはわからない。

「もう彼女のことはいい。陸のコートを用意してくれ」

「かしこまりました」

メイドが部屋を出ていくと、エリージャは陸に向かい合い肩に手を置いた。

「行こう」

「はい」

そのまま支えてもらい、部屋から出た。すぐにメイドがコートを肩にかけてくれる。

あたたかい。

コートを着たからでなく、こんなふうに心配してくれる人の気持ちが、温かいと思った。

彼らから見たら、満足な英語の発音もできない東洋人。現にエミリには嫌がられ、疎ましがられている。だけど、この屋敷の人たちとエリージャは、とても温かい。

彼らが母を喪って嘆いている陸のことを思いやり、心配してくれているのがわかる。その気持ちが、心の奥に静かに積もっていくみたいだ。

「陸、こちらの車に乗ってくれ」

屋敷を出ると、見たことのない車が玄関前に横づけされている。運転手は後部座席の横に立ち、ドアを開けてエリージャと陸を迎えてくれた。事故のすぐあとだったので、車に対して少し緊張していたことに気づく。

彼は、陸の緊張がわかったのだろうか。優しく肩を叩いてくれた。赤ちゃんをあやすみたいな手だった。

それだけで、気持ちが解れるのが不思議だ。

エリージャにエスコートされて、後部座席に乗り込む。初めて見る対面式シートと、大きな毛皮がシートにかけられていることに、びっくりしてしまった。まるで別世界だ。

「すごい車ですね」

考えてみれば、運転手がついている車というのも、今までの生活からは考えられない。トマスは自分で運転するのが好きなので、運転手を置いていなかった。

「私の車ではなく、父のものだ。気にしないでいい」

軽く言うと彼は陸と並んで座った。対面式シートなのだから、反対側に座ることもできるのに、あえて隣に座る気遣いが嬉しい。

――嬉しいと思った。

馴染みもない外国。右も左もわからない。タクシーに乗るにしても、病院の場所さえ満足に説明できない。そんな役に立たない陸に対して、彼の心遣いはとてもありがたかった。そう、涙が出るほどに。

「ありがとう」

小さな声で礼を言うと、彼は陸の膝をぽんぽんと叩いてくれる。先ほどと同じ、赤ちゃんをあやす手だ。こんな局面だというのに、陸の口元には少しだけ微笑みが浮かんだ。

エリージャ。……ありがとう。

そう思いながら、目を閉じる。瞼(まぶた)がガチガチに凍っている。

思わず溜息が零れた。切ない吐息だった。

□□□

病院に到着すると、すぐに病室に案内された。

消灯時間を過ぎた静かな病棟。看護師に案内された病室では、トマスがベッドサイドに座り、横たわった祥子の手を握りしめている。

　鼓動が大きく跳ねた。

　あれは母だ。母の遺体だ。

　覚悟して、ここまでやってきたはずだった。だが目の前に横たわる姿を、直視できない。

　トマスは陸の姿を見ると立ち上がり、力ない足取りで近づいてくる。顔色は真っ青だ。

「陸、すまない」

　彼の唇から零れたのは、許しを乞う悲痛な声だった。

「本当に、本当にすまない。誰よりも守るべき人を私は守ることができず、おめおめと自分だけ生き残ってしまった。きみに何と詫びたらいいかわからない。――すまない」

　憔悴しきった彼は、身体のあちこちを包帯で巻き、頬には大きなガーゼが貼りつけてある。

　衝突事故を起こした車に乗っていたのだ。この程度の傷ですんだのは奇跡だろう。

　だけど彼は命が助かったのに、少しも嬉しそうじゃない。それどころか、話をしているだけで体力を消耗しているのに、陸への謝罪をやめようとしなかった。

「対向車が突っ込んできて、避ける暇もなかった。祥子はシートベルトをしていたのに、ドアから放り出されてしまった。どうしてこんなことになったのか。……すまない」

　繰り返し謝罪の言葉を口にする彼に、言葉をかけてあげたいと思った。それなのに、声が出ない。何と言っていいのかわからない。

いつもニコニコしているトマスの疲弊している姿は、見ていても胸が苦しくなる。

そして、彼の背後で横たわる母の姿が陸の目に入った。

「お母さん」

ようやく出た囁き声で母を呼び、ベッドに近づいた。もちろん応えがあるわけがない。

走行中の車外に放り出されたというから、ひどいケガを負っていると覚悟していた。だが後頭部は幅の広い包帯が巻かれているけれど、顔はかすり傷だけだ。

「――――お母さん」

陸は母の枕元に立ち、その手に触れた。

つめたい。

最後に母に触れたのは、何年前だったろう。記憶が曖昧だ。

彼女は幼い陸と手を繋ぐのを嫌がった。歩くなら一人で歩いてちょうだい。それが母の口癖だ。徹底した個人主義で、団体行動が大嫌いだった。

こんな時なのに、つまらないことを思い出す。自分の母親が死んだというのに、なぜ、嗚咽の一つも出てこないのか。

自分はどこか、欠けてしまっているのだろうか。

「私が死ねばよかった。私が死んで祥子が助かるなら、いくらでも命を捧げるよ。なのに、どうして私だけが生き残るんだ……っ」

トマスが涙を流し、とうとう床に崩れ落ちてしまった。

慰めたい。この事故は不可抗力で、あなたのせいじゃないと言って、抱きしめてあげたい。

でも言えない。

彼が走行するのに選んだ道路で、事故が起こった。その道を走らなければ事故は起きなかった。ほんの五分でもいい、その道をその時走らなければ。

その道路を選択しなければ、母は死なずにすんだのに。

あなたが殺したのも同然じゃないか。

非難する言葉が、次から次へと浮かんで消える。そんなひどいことを言いたくない。陸が戸惑い顔を上げた瞬間。目に入ったのはエリージャの姿だった。

彼は何も言わなかった。ただ病室の戸口に立つ憂い(うれ)を帯びた瞳で、泣き崩れるトマスを見て、それから陸へと視線を移す。

エリージャの穏やかな眼差しは、陸に向かって無言で話しかけていた。

トマスを責めないであげてくれ。

どうかあなたは、あなただけは彼を許してくれ。

「……っ！」

ぐっと拳を握りしめてエリージャを見た。

声がしたわけじゃない。だけど陸には、はっきり聞こえた。嫌になるほど明確に、彼の声が頭の中で響いたのだ。

苦しい。

トマスを責めれば楽になる。心の捌け口ができるから。誰かのせいにすれば、自分だけは救われる。母の恨みも果たしてやれる。

でも彼は悪くない。悪い。悪くない。悪い。悪くない。悪い。悪い。悪い。

そう思いながらも、誰よりも苦しいのは生き残ってしまったトマスだということも、陸にはわかっていた。生きているからこそ、地獄の苦しみを味わっている。

一番、嘆いているのは誰あろう、彼自身なのだ。

今、自分が赦さなければ、一人の人間を地獄に突き落とす。二度と這い上がれないだろう深い煉獄の中に、トマスを叩き落す。自分が楽になりたいがために。

トマスを地獄に落として留飲を下げて、それで誰が幸せになれるのだろう。彼を苦しめて、母が喜ぶだろうか。よくやったと言ってくれるのか。違う。……ちがう。

「お父さんのせいじゃない」

絞り出すような一言に、彼は泣き濡れた顔を上げる。陸はトマスの瞳を見つめて、一言一句、噛んで含めるように告げた。

「お父さんは悪くない。どうか自分を責めないで」

「陸……っ」

「お父さんが無事でいてくれてよかった。本当によかった」

言えた。

言いたくて、でも言えなかった一言が、唇から零れ落ちる。

この言葉は、自分が言っているのではない。

――母だ。祥子が陸の身体を借りて言っているのだ。

「私が、私があの道を走行しなければ、事故に遭わなかった。祥子は死なずにすんだんだ」

「ううん。お母さんは、お父さんを責めたりしない。むしろ自分はどうでも、お父さんが無事でよかったって言う人です。そうでしょう？」

静かにそう言うと、トマスはまたしても涙をポロポロ零す。陸は座り込んでいる彼の隣に膝をつくと、その大きな背に触れた。クマさんの背中だ。

この人を救いたい。

いつも優しくて鷹揚（おうよう）な、陸の大好きな黄色いクマさん。あのトマスに、戻ってほしい。

小刻みに震える身体を優しく叩いてやると、彼はとうとう床に突っ伏して、大きな声で泣きだしてしまった。

エリージャの声の通りだ。誰よりも苦しみ、後悔し、己を罵っていたのは、この人だ。自分が赦さなくては、彼は救われることがない。

「祥子を連れて帰りたい。陸、もう帰りたいよ」

トマスの絞り出す声に、陸も頷いた。

遺族には病院の活力が、あまりに生き生きしすぎて耐えられない。

「では当家の車で、トマスと祥子さんをお運びしましょう」

冷静な声に陸が顔を上げると、エリージャがすぐそばに立っている。彼の言葉にトマスも顔を上げる。その瞳には理性の光が宿っていた。

「いや、子爵家の車なんて、とんでもないことだ。祥子の傷口は処置してもらったが、万が一にでも汚したりしたら」

トマスがそう言うと、彼は微笑みを浮かべた。

「構わない。車は美術品でなく人を運ぶ道具だ。車の所有者である父に、車が汚れるから貸しませんでしたと言ったら、私は愚か者と怒られるだろう」

「しかし」

「トマス。立場が逆だったらどうだろうか」

「え?」

「私が家族を亡くし嘆き悲しんでいる。そこへ、あなたが自分の車で家まで送ろうと言ってくれる。私は車が汚れるから結構ですと断る。そうしたらトマス。あなたは、そんなことを言っている場合かと私を叱りつけるだろう。違うだろうか?」

大学生時代、トマスとエリージャは親子ほど年齢が離れてはいたが、親密な友人同士だった。

そのせいか、エリージャの物言いは遠慮がない。

言葉もなく黙り込んでしまったトマスを横目に、エリージャは隣に立つ執事を呼んだ。

「テイト、まず彼と祥子の退院手続きを頼めるかな。それと病院の清算も。退院には医師の許諾と同意が必要だろうから、書類をこちらまで持ってきてほしい」

「かしこまりました」

テイトはお辞儀をして部屋を出ていった。その後ろ姿を見ながら、トマスは呟いた。

「エリージャ、本当にすまない」

頭を下げたトマスに、彼は優しく微笑んだ。

「私はあなたの友人で、その妻である祥子も同じく大事な友達だ。何の遠慮もいらない。まず病院を出て、あなたと愛する祥子が家に帰る手伝いをさせてもらう」

トマスは感謝の言葉を述べると、力が尽きたように椅子に座り込んでしまった。陸は看護師に頼んで毛布を借り、彼の身体に掛けてやる。

「陸、ありがとう。……本当に、ありがとう」

力なく囁いたトマスの手を、陸は強く握った。そして、早く彼と物言わぬ母を、家に帰してあげたいと願った。心の底から願った。

（エリージャ。エリージャがいてくれる。大丈夫。ぼくらは、ここから出て家に帰るんだ）

誰もが疲れ果てて息苦しい夜。陸は自分の前に立ち、事態を取り切ってくれる彼の後ろ姿を見つめていた。

エリージャ。

十三年前に出会った金髪の少年が、本当に王子様のように陸を助けてくれる。どうしてこんな、何もかも完璧な人がいるのだろう。どうしてそんな人が、自分に求婚したりするのだろう。

そんな思いが去来するが場違いさに気づき、かぶりを振った。

□□□

祥子の遺体と共に帰宅を果たしたトマスは、早々に寝室に横になる。まだ、立つことも座ることもつらいのだ。彼は使用人に命じて、同じ室内にベッドを用意させ、祥子を安置した。陸は戸惑ったが、是非にと言ってトマスは譲らない。

「今夜は二人きりにさせておくれ。すまないね、陸」

何も言えなくなってしまった陸だったが、エリージャは冷静だった。

「トマス、祥子にエンバーミングを施術してはどうだろう」

「ああ、そうだね。彼女には美しく装ってもらい、最後のお別れをしたい」

「エンバーミングって？」

聞きなれない単語に陸が首を傾げると、彼が丁寧に教えてくれた。

「日本でも普及し始めているが、欧米で当たり前の技術だ」

エンバーミング。それは戦争の際に、死者を弔うため発達した技術だという。

「専門の技術者が葬儀の前に遺体を殺菌し、生前の姿に近づける施術をエンバーミングというんだ。必要に応じて、欠損した指や手足を元の姿に修復する。感染症の心配がないから、遺族や友人たちは生前の姿の故人と、お別れのキスや握手することも可能だ」

「じゃあ、頭のケガも隠せるんですか」

母の痛々しい傷を参列者に見せなくていい。そう言われて、陸は目を輝かせる。

顔に傷がないから一見きれいに見えていたが、陥没した頭部は痛ましい。

「もちろん。ケガの修復以外にも、必要に応じて故人の好みの服装で装ってくれる。これは一案だが、祥子をウェディングドレスで飾り、旅立ってもらうのはどうだろう」

その一言に、トマスは目を輝かせた。だが、今日はもう疲れも限界だったらしい。

明日また話をしようということになり、エリージャと陸は部屋を出た。

部屋を出る前に振り返ると、トマスは横たわる母の髪を優しく撫でている。その姿は、胸が締めつけられる光景だった。

そのまま帰ろうとする彼を見て、陸は後ろ髪を引かれる気がする。

「あ、あの待って。まだ帰らないで」

とっさに彼の服の裾を引っ張り、口走ってしまった。

「よければ、ぼくの部屋に来ませんか。一休みしていってください」

「陸の部屋に招待してくれるの？　嬉しいな。是非」

「ぼくの部屋といっても、あの、散らかっていますよ」

「むしろ、日常の陸が見られて嬉しいよ」

そう返されて何だか気恥ずかしくなってしまい、顔が赤くなるのが止められない。二階の部屋に案内し、ソファを勧めた。

「メイドさんに、お茶を淹れてもらいますね。ちょっと待っていてください」

「お茶は結構。それより、ここにおいで」

改めて言われたので、何だろうと思いながら隣に座る。すると彼は陸の手を強く握った。陸の鼓動が大きく跳ねる。だが。

「先ほどは、よくトマスを赦してくれたね」

思いもかけないことを言われて、瞼をぱちぱちさせてしまった。

「だ、だってお父さんは何も悪くない。巻き込まれてケガをして」

「それでも。……それでもだ。心身ともに傷ついたトマスを気遣い、何物にも勝る言葉をかけてくれた。あなたが一番つらいのに、よく耐えてくれたね」

見抜かれていた。

ほんの一瞬だったが、トマスだけ助かったことに対する憤りを、やはりエリージャは見抜いていた。だからこそ、よく耐えたと言うのだ。

このまま黙っていれば、自分は称えられる。しかし、それは本当の自分じゃない。

「ぼく、本当はお父さんを憎いと思いました」

陸は正直に自分の気持ちを吐露することに決めた。

「どうして一瞬でも、そんなことを思ったのか。自分でもわからない。でも、お父さんが事故に遭う道を選ばなければばって考えました。だから褒められる人間じゃありません」

言っちゃった。

本当の自分の気持ちを、隠さずに言ってしまった。

黙っていれば、エリージャに褒めてもらったままだったのに。どうして、こんな真正直に気持ちを言ってしまったのか。

でも、偽りの賛美はもらいたくない。特に、彼には嘘をつきたくないのだ。

心の奥深くで、莫迦正直な自分に呆れている、もう一人の自分がいた。こんな心が狭い人間とは、付き合いたくないと言われてしまうかもしれない。でも。でも。

(もう嫌われちゃったかな)

「いや、違う」

エリージャに手を握りしめられ、ハッとなる。彼は宝石のような瞳で、陸を見つめている。

「あなたはトマスを責めなかった。それどころか、『お父さんが無事でいてくれてよかった、本当によかった』と言ってくれた。あなたにしか言えない一言だ」

「違います。ぼくは、そんないい子じゃない。ぼくは」

「陸、あなたは悲しい。泣いて当然だ」

真正面から彼は陸を見つめ、低い声で囁いた。

「エリージャ……」

「悲しい。とても悲しい。遠い異国で、唯一無二のお母様が死んでしまった。悲しくて、とても悲しくて、どうしていいかわからない。でも、トマスが傷つき泣いている。慰めてあげたい。だから悲しみを堪えて、彼を赦した。そうだろう?」

「ぼくは……」

「つらかった。苦しかった。だが、あなたは耐えた。歯を食いしばった。そのおかげでトマスは救われた。あなたは一人の人間を、地獄の底から救ったんだ」

そこまで聞いていたけど、もう何がなんだかわからなくなった。

「あなたは、すばらしい。私の最大の誇りだ」

ぎゅっと握りしめられた手が、とても熱い。

先ほど触れた母の手は、あまりにも冷たかった。だから余計に、この熱さが愛おしい。

生きている人間の証だったからだ。

そう思った瞬間。瞳に涙が滲み、ぽろぽろと頬をすべり落ちた。

エリージャは痛ましそうな表情を浮かべ、陸の頬にキスをする。

「おかあさん」

「そうだな。よく頑張った。陸、偉かった」

「お母さん、お母さん……っ」

「わかっている。ちゃんとわかっているよ。あなたは本当にすばらしい」

気がつくと陸は涙を流しながら、彼にしがみついていた。彼の上等な上着に顔を伏せたまま、ずっと涙を零し続けてしまった。

「おかあさん、お母さん、おかあさん……っ」

他の言葉を知らぬように、ひたすら母を呼んだ。エリージャはずっと陸の背を撫でてくれる。大きく温かい、大人の男の掌だ。

何て優しくて温かで、思いやりに満ちた手だろうか。

陸が顔を上げると、エリージャに見つめられていたことに気づく。

そっと頬にくちづけられて、目を閉じた。こうやって抱きしめられていると、つらい現実が、溶けて流れ出していくみたいだった。

「陸。あなたに触れることを、許してもらえますか」

「え？」

「私はあなたに、くちづけしたい」

彼はそう囁くと、顔を近づけてくる。魔法にかかったみたいに、動くことができない。だが、キスを待つように目を閉じた陸は、突然の慌ただしいノックの音に心臓が跳ねた。

「は、はい……っ」

もしかすると、トマスの容体が悪くなったのだろうか。慌てて立ち上がり扉を開いた。

「どうしたの。まさか、お父さんに何か」

「お嬢様がお帰りになられました。じきに駐車場から、お屋敷に入られるかと」

メイドの言葉に緊張が走る。エミリ。彼女に今の状況をどう伝えていいのか。

彼女が悪しざまに罵った祥子は無言の帰宅を果たし、今はトマスと一緒に寝室にいること。遊び歩いていたから、父の帰宅を迎えられなかったこと。

それに。彼女は結婚すると言い張ったが、エリージャに嘘がバレてしまったこと。

陸はどうしたら、うまく説明できるだろうと考えあぐねた。しかし、座っていた彼が突如、椅子から立ち上がり扉に向かう。

「エリージャ？」

「彼女と話がしたい。もう、我慢ならない」

え？　と問う間もなく彼は部屋を出ていった。慌てて後を追いかけると、ちょうどエミリが屋敷の中に入ってきたところが二階の踊り場から見える。エリージャは物も言わず、長い脚で階段を一気に駆け下りてしまい、玄関の扉のところでコートを脱いでいたエミリと対峙する。

「まぁ、エリージャ？　どうなさったの。いらしているなんて、聞いていませんわ」

とたんに甲高い声を上げると、立ち尽くす陸を睨みつける。

「ごめんなさい。あの日本人は本当に気が利かなくて、エリージャがいらしていることを電話で知らせてくれなかったの。何か粗相はありませんでした？」

眉根を寄せた彼女に、彼は低い声で答えた。

「きみは緊急事態のこの時に、どこで何をしていたんだ」

怒気を孕んだ声は、今まで優しく囁いていたものとは、まったくの別人だった。こんな低い声を、陸は今まで一度も聞いたことがない。

「え？　ど、どこって……。パ、パパが事故に遭ったので、そのお見舞いに病院へ行っていたの。一人で病院に行くのは心細かったわ」

どうやら彼女は、『父親が事故に遭遇したので見舞いに行ってきた健気な娘』という、素っ頓狂な筋書きを作ったらしい。エリージャが陸の元に駆けつけたことを、知らないのだ。

「パパは奇跡的に無事だったけど、同乗していた人は亡くなったのよ。お気の毒よねぇ」

まったく他人事のように話しをし続ける彼女に、エリージャは嫌悪に顔を歪めていた。

「きみは祥子が亡くなったのに、不幸中の幸いねと言ったそうだね」

その一言にエミリは陸を睨みつけてくる。

「あいつが言いつけたのね！　ひどいわ！　別に間違ったことは言っていないわよ！　私にとって血の繋がった家族はパパだけ。そのパパが無事だったんだもの。家族としてホッとするのは当然だわ。それは責められることなの？」

「トマスが無事だったと喜ぶのは当然だが、母を喪い混乱する陸に、どうして不幸中の幸いなどと言える。私には理解できない」

「私にとって、あの日本人は家族じゃないわ。生きようが死のうが関係ないわよ！」

甲高い声は屋敷の中に響き渡ったので、陸はハラハラした。こんな大きな声を出して、万が一にもトマスが聞いてしまったら。そうしたら、彼は悲しむだろう。

「エミリ、声が大きいです。もし、お父さんの耳に入ったら」

陸は声を潜めるように言ったが、その忠告は彼女にとって、腹立ちにしかならない。

「何を言っているの？　パパは病院よ！　あなた、何も知らないのね。この役立たず！」

彼女がそう叫んだその時。陸の背後から静かな声が聞こえた。

「私はここにいるよ、エミリ」

そこに現れたのは、祥子と共に寝室にこもっているはずのトマスだった。

彼は蒼白で、眉間に皺を寄せた険（けわ）しい顔を浮かべている。

「お父さん！　起きて大丈夫なの？　傷に響くんじゃ」

「ありがとう、陸。休んだおかげで、だいぶ楽になったよ」

トマスは優しい微笑みを陸に向けたが、すぐに娘を睨む。

「お前が父親の急場を聞いても、何もしない子だということはわかった」

「誤解よ！　私は遊んでいたりしていないわ！　その日本人が、嘘をついているのよ！」

「エミリ、お前は何て愚かなんだ」

トマスの低い声は、絶望しきった人間のものだ。陸は胸が締めつけられる。これ以上、彼が傷つくのを見ていられない。

「そんな派手な服を着て化粧をして、明け方近くまで教会でお祈りでも捧げていたのか。陸は事故の報を受けて、すぐに病院に駆けつけてくれた。エリージャもだ。赤の他人である二人が心を砕いてくれていたのに、それに比べてお前は、何て情けないんだ」

そう言うと、トマスは寝室へ戻ろうと踵を返す。だが、その足元は、まだよろけていた。

「お父さん、一人じゃ危ないよ、ぼくに掴まって」

陸が慌ててトマスに手を貸そうとすると、エリージャがその手を制する。

「私に掴まれ。陸より力がある」

「すまない。……ありがとう、陸。ありがとうエリージャ。本当にありがとう」

力なく歩もうとするトマスを抱え、三人はトマスの寝室へ向かっていく。エミリに背を向けていたので陸もトマスも、そしてエリージャも知らなかった。

彼女が憎悪を滲ませた恐ろしい形相で、陸を睨みつけていたということを。

5

祥子に行われたエンバーミングというのは、本当に魔法だった。

事故から数日を経ての葬儀に向けて、遺体を洗浄したあと殺菌処理を施し、損傷を修復する。

そして、青ざめた肌の色を生前と同じように、健康的に色づけている。

大きなケガだった頭部も顔面のかすり傷も、修復されて可愛いヴェールで飾られていた。

薔薇色（ばらいろ）の頬の祥子は、奇妙な話だが生きていた頃よりも若々しく可憐だった。首元は大きな真珠のロングネックレス。真っ白な布で覆われた棺（ひつぎ）は、ピンクの薔薇で彩られている。ウェディングドレスも靴も真珠色だ。

教会に運ばれた彼女は淡い光に照らされて、神々しくさえあった。

「祥子……っ」

密やかなトマスの声を掻き消すように聖歌が響き、神父が入堂してくる。それに合わせて、参列者全員が立ち上がった。聖水と祈りが神父から捧げられて、陸は目を閉じる。

とうとう母とのお別れが来てしまった。

本当なら、この教会で結婚式を挙げる予定だったのに。それなのに。

そんなことを考えていると、足元がぐらぐら揺れる。身体の支えがないみたい。

トマスを見ると、彼は血の気を失った顔色をしていたが、喪主として立派に務めている。その姿を見て、陸は姿勢を正した。

しっかりしなくては。トマスを支えられるのは自分だけだ。

今日、朝からエミリは出かけてしまって姿がない。トマスはそれに、苦々しい溜息で答えただけだ。彼女だけではなく、エリージャにも会っていない。

昨夜のうちに遅れるかもしれないと、連絡はもらっている。

陸にだって、ちゃんとわかっている。でも。

悲しい。

あまりに心が痛くて、息がうまくできない。指先が冷たい。自分の身体ではないみたいに、手足が凍りついている。

今、小さな衝撃を与えられたら、身体がバラバラに砕けてしまいそうだ。

深い悲愴(ひそう)から逃れるように、陸はエリージャの姿を目で求めた。けれど、姿はない。

もしかすると彼は、葬儀に来てくれないかもしれない。

もともと、エリージャがこの葬斂(そうれん)に参列する義務はない。トマスの友人だからといって、気が重い赤の他人の弔いの儀式なんかに顔を出す理由にはならないのだ。

そばにいてほしいという陸の思いは心細さからくる、ただのワガママだ。人を頼ってはいけないとわかっているけれど、それでも彼がそばにいてくれたらと思う。何もしてくれなくてもいい。ただ、手を握っていていてほしかったのだ。

陸が英国に来てエリージャに再会してから数日。そのたった数日の間に、エリージャは陸の心の奥深くまで侵入していた。知らない間に、とても頼りにしていたのだ。その証拠に彼の姿が見えないせいで、脈動が遅い。自分も母と同じく、息をしていないみたいだ。

「陸、あれを見て」

トマスの囁き声を聞いて、俯いていた顔を上げる。すると戸口に、喪服に身をつつんだエリージャが立っていた。

彼は手に長い長いヴェールと、鈴蘭のブーケを持っている。

「エリージャ、どうして……」

陸の呟きが聞こえたかのように、彼は真っすぐ祭壇に向かってくる。そして神父の前で跪くと、祭服の裾にくちづける。

「何事ですか、エリージャ・ヴェレカー」

彼の名を神父が正確に呼んだことに驚いたが、ゴート子爵家の嫡男であるエリージャは、名士も同然なのだ。つくづく自分とは立場が違う。

その彼が床に膝をつき神父を見上げ、懇願(こんがん)しているのだ。

「神父様。神聖なる葬儀を中断した無礼と非礼を、どうぞお許しください。私は彼女の願いを叶えたいと思い、これらの品々を用意しました」

トマスも陸も、いったい何が起こったのかと神父とエリージャの元に歩み寄った。

「願いとは、そのヴェールで祥子さんを飾りたいのですね」

「はい。彼女は少女の頃から、グレース・ケリーに憧れていたそうです」

陸は驚いて、トマスと顔を見合わせた。そんな話は初耳だ。

「自分の結婚式にはグレースと同じウェディングドレスを着たいけど、無理よねと笑っていました。その話をした数日後、事故でこの世を去ってしまいましたが」

確かに母は古い映画が好きで、日本の家には何本も映画を録画してある。

エリージャと祥子が話をしたのは、先日のパーティが初めてだと思う。それなのに陸さえ知らない少女時代の夢を、彼に話していたなんて驚きだった。

母は初対面だったエリージャに心を許し、懐かしい思い出を語ったのだ。そんな不可思議な力が、彼にはある。陸は一瞬で理解した。

エリージャは手にしていた長いヴェールを、神父に向かって広げてみせる。

「グレースが挙式の時に着用していた、ヴェールのレプリカです。彼女が持っていたのと同じ、鈴蘭のブーケと、白サテンのカバーをつけた聖書も用意しました。神父様、どうかこの美しい品々で、式を直前にして亡くなった祥子を装わせてください」

そう言うと神父は眉一つ動かすことなく、だが、はっきりと頷いた。

「花嫁の願いを叶え美しく装わせるためですから、少々の中断は許されます。神は慈悲深く、寛大なお方ですから。参列者の皆様も、よろしければお手伝いください」

神父の言葉にトマスと陸は目を輝かせる。参列者たちも、力を貸そうと手を挙げた。英国に来て日が浅い祥子のために、誰もが労を惜しまなかった。

すでにつけていたヘッドドレスを外し、エリージャの持ってきた雪のようなジュリエットキャップとヴェールをかぶらせた。長いレースは祥子を飾るだけでなく棺から溢れ、床まで流れるように垂れる。

繊細な織物に包まれた彼女は、まさに姫君が寝台に横たわっているようだった。

「わぁ、きれい……っ」

参列者の誰かが、絶え入るような声で囁く。陸もトマスも、同じく感動で震えた。

長いヴェールは祥子を輝かせ、聖なる美しさを添えている。エンバーミング施術のおかげで、頬も薔薇色になって、とても生き生きと見えた。

「さぁ、トマス。これを祥子に」

エリージャがブーケと小ぶりの聖書を手渡すと、トマスは戸惑ったようだ。

「それはきみから祥子に渡してくれ。手配してくれたのはエリージャなのだから」

「いいや。あなたが彼女に渡すべきだ。だって祥子の夫は、トマス、あなただろう」

その一言に、トマスは眉根を寄せる。涙を堪えている表情だった。その時。

「新郎トマス・ウィトキンは、新婦、高樹祥子を妻とすることを誓いますか」

突然の厳かな神父の声に、全員が顔を祭壇に向けた。

「新郎トマスは良き時も悪き時も、富める時も貧しき時も、病める時も健やかなる時も、共に歩み他の者に依らず、死が二人を別(わか)ったとしても愛を誓い、妻を想い添うことを、神聖なる婚姻の契約のもとに誓いますか？」

神父の誓いの言葉に、誰もが言葉を失った。通常ならば『死が二人を別つまで』となる誓いを、神父は別ったとしてもと言い直している。祥子が死に天国に旅立とうという今、それでも彼女を想うのかと問うているのだ。

「はい。誓います」

トマスははっきりとした声で答えると、エリージャから受け取った花束と聖書を祥子の胸元へ置いた。そして自らのポケットから白金(プラチナ)の指輪を取り出すと新婦の指へ嵌め、その唇にくちづけた。参列者の間から静かな拍手が起こる。

愛し合う二人が、今、神の御前で結ばれたのだ。

誰も不謹慎だなんて言わない。誰も眉を顰めたりしない。それどころか、感動ゆえに泣いている参列者もいた。陸もその一人で、涙が溢れて仕方がなかった。

いつしか陸の隣に立っていたエリージャが、そっと手に触れてくる。陸は彼の手を握り返し、身体を寄せた。

　聖歌が流れ、結ばれた二人を祝福し弔う。陸は涙を止めることができず、ただ母とトマスを見つめ続け、身体を震わせる。

　愛というものの形を、初めて見た気持ちだったからだ。

□□□

　葬儀が終了したあと、トマスは墓前にいたいと言う。まだ帰りたくないのだ。陸も帰る気持ちになれなかったが、彼と母を二人きりにしておこうと思った。

　トマスは改まったように背筋を伸ばして、陸の隣に立つエリージャに頭を下げた。

「今日は本当にありがとう。エリージャ、きみのおかげで、すばらしい葬儀になった。きっと彼女は、大喜びだったに違いない。――それから陸」

　トマスが両手を広げて、陸を見ていた。

「感謝と敬愛を込めて、抱きしめさせてくれないか。きみがいてくれたから、私は今日を乗り越えられた。陸がいなかったら、私は惨めに泣き崩れていただろう」

　トマスのその言葉に、陸はまた涙が滲んでくる。

「ううん。ぼくだけだったら、何もできなかった。お父さんとエリージャがいなかったら、きっと立ち上がれなかった。お母さんを送ることなんて、絶対にできなか……っ」

ぽろぽろと涙が零れてしまい、慌てて手の甲で拭おうとした。だが、それはトマスの温かい抱擁で止められた。涙は、彼の喪服に吸い取られていく。

慌てて身体を離そうとしたが、トマスは陸の背中をぽんぽんと叩くばかりだ。

「私たちのレディは美しいドレスとヴェールで装って、天国へ旅立てた。次に到着する私を、のんびり待ちながらね。ありがとう、陸」

二人は抱きしめ合い、両頬に軽くキスをしてから別れた。これからトマスと祥子は墓石を挟んで、積もる話があるに違いない。このまま二人きりにしてあげたかった。

その時、エリージャの顔が目に入る。彼は少し眉根を寄せ、何かを言いたげな微妙な表情を浮かべている。陸はそんなエリージャに話しかけようとしたが、ふぃっと横を向かれてしまった。偶然ではない。今、彼は陸から目を逸らした。

ハッキリと、――エリージャはハッキリと陸を無視したのだ。

ほんのちょっと前、母のためにあれほど心を砕いてくれた彼が、自分を眼中に入れてくれない。それは、あまりにも衝撃的な事実だ。

「では送っていこう。駐車場まで一緒に行ってもらえるかな」

「は、はい」

駐車場へ向かうエリージャの背中を見ながら、いろいろな想像が脳裏を過った。

明日、自分が死んでしまったら。ううん。彼が死んでしまったら。

ぞくっとする想像は、他愛もない空想ではないかもしれない。自分は今、最愛の人を見送ってきたばかりだ。

当たり前のことだけど、死は遠くない。死は隣り合わせ。死は悲しいぐらい現実。

駐車場に到着すると、エリージャは深緑色のミニクーパーの前で立ち止まった。そして、「どうぞ」と言いながらドアを開ける。

先日の大きな車じゃない。もちろん、運転手も執事もいない。へこんだバンパー、あちこちの塗装も擦れ。シートは日焼けして色褪(いろあ)せている。

「これ、どなたの車ですか」

「私のだよ。学生時代から乗っている愛車だ。ボロくて、びっくりだろう」

車が古くて驚くのではなく、子爵家の嫡男である彼が、この車を運転していたのには驚いた。

「ううん！　ぼく、こういう可愛い車が好きです。毛皮のシートを敷いた高級車なんて、乗る以前にドキドキしちゃうし」

その言葉を聞いて、彼はくすぐったそうに微笑む。

「どこまで可愛いことを言うのかな。実は昨夜から今日にかけて、ヴェールや諸々の品を手配するのに、この車で回っていた。朝になったけれど自宅に戻る時間が惜しくて、トランクに積んでおいた喪服に着替え、教会に直行したんだよ」

「じゃあ昨夜から寝ないで自分で運転して、いろいろなところに行ってくれたんですか」

「深夜に運転手を使うのは、どうかと思ってね。それに時間がなかった。棺が閉められてしまったら、もう祥子を装わせてあげられない。必死だったんだ。まぁ、あくびが出るのは勘弁してくれ。居眠り運転は絶対にしないよ。誓います」

恥ずかしそうに言われて、陸は言葉を失ってしまった。

なんて人だろう。

寝る間も惜しんでヴェールや花束や聖書まで用意してくれたなんて。祥子と彼はパーティで会ったのが初対面かもしれない。それなのに。

涙が出そうだ。唇が震えて、どうしようもなくなってくる。

なんて人だろう。なんて、なんて人だろう。

こんな人がいるなんて。こんな人が、自分のそばにいてくれたなんて。

陸は手を差し出し、エリージャの背中に触れてみる。

「どうした？」

そう言ってこちらを振り返る美貌を見ていると、ちゃんと言わなくてはダメだと思った。

いつ離れ離れになっても、後悔のないようにしなくては。

「エリージャ、好き」

「陸？」

自分たちは、永遠に生きているわけじゃない。

一瞬で消えることも、普通にありえる。

明日は陸かエリージャのどちらかが、死んでしまうかもしれない。母とトマスのように、もう二度と会えなくなるかもしれないのだ。

「好きです。エリージャのことが好き。大好き。ぼくをお嫁さんにしてください」

必死で言い募った。今、ちゃんと言わなくては死にそうな気がした。

死は夢想でない。ごく当たり前の現実だと、身に染みたから。だから、この想いを彼に伝えなくてはいけないのだ。

「ぼくだって、いつ死ぬかわからない。その時に後悔したくない。だから今、ちゃんと言いたい。あなたが好き。大好きです」

一気にそう言ってからエリージャを見上げた。彼は驚きを隠せない表情だ。そんな顔をされるとは、予想していなかった。

「急にごめんなさい。びっくりした？」

「それは誰でも驚くだろうね。あなたはトマスと親交を深めていたから、柄にもなく嫉妬してしまった。誰かに対して悔しいと思ったのは、生まれて初めてだ」

「嫉妬？　誰が誰に嫉妬するんですか」

「私が、あなたたち二人に嫉妬をした。父として揺るぎない信頼を勝ち得ているトマスへの妬み。屈託なく彼に甘え、愛情表現をするあなたへの艶羨。ジェラシーだ」

その一言を聞いた瞬間、陸の胸に痛みが走る。

言葉の重み。熱量。押し潰されそうな愛の深淵。ジェラシー。その感情の重さで本当に押し潰されそうになる。

エリージャは車のドアを開き、陸の背を押して車内へ誘導させた。

「今日は何か食事はできたか？」

突然の話題転換に、陸は瞳を瞬いてしまった。

「いえ、まだ食べていません」

彼は「シートベルトをしなさい」と言うと、車を発進させた。

「もう三時を過ぎている。近くに、いいティーラウンジがあるから、そこへ行こう。食事をして、あなたが落ち着ける場所で気持ちを確認したい」

「ぼく、へ、変ですか」

「変とは思わない。だが、いろいろありすぎて、疲れてはいるのだろうとは思うよ」

結局、反論することもできないまま、ティーラウンジに連れられてしまった。

彼の運転は、あくまでも正確だし丁寧だ。陸は流れる景色を窓から見つめた。

気持ちが逸って告白したけれど、それは、かわされてしまった。気持ちを伝えなくては、前進できないと思ったから想いを打ち明けた。でも。

自分は突飛すぎたのだ。
時間が経てば経つほど、恥ずかしくなってくる。
ばかみたい。
いたたまれないというのは、こんな気持ちをいうのだろう。今の自分は、身の置き所がない
状態に等しい。穴があったら入りたい。そしてその穴を埋めてもらいたい。
陸は小さく溜息をつき、車窓に頭をくっつけた。
自分一人が傷ついた顔をして、周りのことが何も見えていない。現にエリージャは一晩中、
駆け回って母のために副葬品を手に入れてくれた。トマスだって起き上がるのも大変だったろ
う。それでも顔には出さず喪主として務めあげてくれたのだ。
自分は何をしただろう。母のために、何をしてあげられただろう。
何にもしていない。――――何にもだ。
役立たずのくせに母親の葬儀のあと、墓地の真ん中で恋心を告白するなんて、愚の骨頂だっ
た。良識のある人ならば、誰もが眉を顰めるだろう。
自分はどこまで、短慮で愚かなのだろう。
陸はそう思いながら爪を噛む。すると、エリージャが運転をしながら、手を伸ばして陸の指
を押さえた。

「いけない癖だ。爪を噛むのはやめなさい。形が悪くなる」

そう言われて、頬が真っ赤になるのがわかる。自分は本当に、どこまでも垢ぬけない。

「ごめんなさい」

なぜ謝っているのか、自分でもわからない。けれど、それ以外の言葉が見つからない。それ以後どちらも口を開くことなく、ただ前を見つめ、ぼんやりと考える。

告白した時、ドキドキした。今、言わなくてはいけないと思った。

この人が好き。好きだから気持ちを伝えなくちゃと焦っていた。ものすごく高揚して、呆れるぐらい顔が真っ赤になっていたのは、自分でもわかっていた。

でも、何もかもが空振り。

母親の葬儀の日に、自分は何をしているのだろう。

生きるって何なのかと、中学生のような思いが過る。

生きるとは嘆きと絶望の次に来る、希望と歓喜。そしてまた新たなる慟哭の繰り返し。

終わる時は、静かな喜びに満ちているのか。それとも悲しさと悔しさで終えるのか。それは誰にもわからない。自分だけしかわからない。

人生は、いつか終わりがくる。絶対にくる。でも、いつか迎える終末ならば、後悔しない道を選択しようと思った。自分の道を拓くのは、自分しかいないと。

それなのに、実際には道など切り拓けてなんかない。迷って、迷って、迷い続けて。大きな壁にぶつかって、最後にはドボンだ。

そこまで考えていた時、自分が泣いていることに気づき、指先で拭って誤魔化した。

涙をにじませながら、自分はエリージャのことが好きなのだと思い知る。

そして、好きであればあるほど、不釣り合いを思い知り、また泣きたくなる衝動を押さえるのに、必死だった。

□□□

連れていかれたのは、ハイドパークの近くにある品格ある、美しいホテルのラウンジ。

エリージャは慣れた様子でボーイに声をかけると、彼は丁寧な対応でティールームへと陸を案内してくれる。

静かなラウンジは胡桃(くるみ)を使ったテーブルと、上質な革で作られた椅子が置かれていた。ラウンジでは仕立てのいいスーツに身をつつんだ紳士と、華やかな服を着こなした淑女たちが楽しそうに談笑をしている。

フロアの中央に置かれたグランドピアノ、大きな壺(つぼ)に生けられたたくさんの花々。おいしそうな食事の匂い。香りたつ紅茶の芳香。

案内された席は窓際の、ゆったりとした一角だった。

「ここのホテルは、よく利用されるんですか？」

「私の名で一部屋を所有しているんだ。このホテルの株主なので」

浮世離れした話に、何と返していいか、わからなくなる。今さらながら、ゴート子爵家の令息なのだと溜息が出そうになった。

「食欲はなさそうだが、何か食べなさい。食べないなら、勝手に選ぶよ。甘いものは好きかな？　アフタヌーンティーもある」

陸の言葉など、まったく取り合ってくれない。こんな強引な人だったろうか。

「そんなに食べられません。無理で……」

無理ですと言いかけたが冷ややかに睨まれていることに気づき、慌てて付け足した。

「じゃ、じゃあ、サンドイッチと紅茶をお願いします」

彼は頷くと片手を上げてボーイを呼び、早口に注文をすませてしまった。間もなく運ばれてきた熱い紅茶は、金色の縁取りが施されたカップに注がれる。一口飲むと、ふわぁっといい香りがして、もやもやしていた頭の中がクリアになった。

「おいしい」

「それはよかった」

温かく気持ちのいい空調。静かに流れるピアノの演奏。柔らかい花の香り。

そして目の前に座る、エリージャの姿。

ザラザラしていた気持ちが、静かに落ち着いていくのがわかる。

「お待たせいたしました」

運ばれてきたのは、品よく盛られたサンドイッチと、焼きたて熱々のスコーン。小さなカップに盛られたクロテッドクリーム。厚手のカップに入ったクリームスープ。

先ほど早口で注文していたのは、これだったらしい。

「食べたいものを、少しずつでいいから食べなさい。朝から何も食べていないのなら、空腹になっているだろう」

彼はスコーンを手に取り二つに割ると、クロテッドクリームを厚く塗る。それを食べるのかと思いきや、そのまま陸の口元へと差し出した。

「どうぞ」

ラウンジルームに座る他の客人や、給仕をしているボーイの目が気になる。だけど、断ることもできない。陸は従順に唇を開いた。スコーンは、サクッとした歯ざわり。次に感じたのは広がるクリームの甘味と、追いかけるように染みてくるバターの塩味。

こんなふうに味わうことは、久しぶりな気がする。たった一昼夜ものを食べていないぐらいで大げさだとは思うが、自分が飢(う)えていたのだと改めて知る。

味わうというのは、生きている証。生への欲求があるからこそ食べ、喜びを感じるのだ。

口の中に入れたあと、無言で咀嚼(そしゃく)する陸をエリージャは黙って見つめ、長い指を向けてくる。

「唇がクリームで濡れている」

そう言うと彼は、陸の唇を指先で拭った。何気ない仕草に、胸が痛むように弾む。

急に恥ずかしくなって、誤魔化すようにカップを手に取った。クリームスープを口にすると、ホッとする柔らかな味わいが広がる。

熱い。だけど、触れられた唇のほうが熱を持っていると思う。

自分は、どうしてしまったのだろう。一人で真っ赤になったり、狼狽えたり。彼は平静なのに、自分は何だか莫迦みたいだ。きっとエリージャには、滑稽に見えるだろう。

見れば彼は食事に手をつけず、ラウンジから見えるイングリッシュガーデンに目を向けている。その姿は、とても冷静だ。だが。

「意地悪をして、悪かった」

「え?」

「ここへ来る途中、あなたは泣いていた。誤魔化していたけれど、ちゃんとわかっていた。声をかけなかったのは、とても神聖な気がしたからだ」

神聖とは、何のことだろう。エリージャを見つめると、彼は静かな声で言った。

「涙を流すあなたは、とても神聖で美しい。だから何も言えなかったんだ」

そう言うと彼は、テーブルの下で陸の手を握りしめた。ビクッとしたけれど、握られたまま、じっと動かなかった。するとエリージャは声をさらに低くして囁く。

「先ほどの話を続けていいかな」

「先ほどの話って？」

「私のことが好き。ぼくをお嫁さんにしてくださいと言ったことだ」

ここに来る前に話していた内容を改めて言われ、かぁっと頬が熱くなる。

周囲の人々は穏やかに談笑しているから聞こえている心配はないが、それでも落ち着かない。どうしてこんな席で、生々しい話を蒸し返すのだろう。

「こんな場所で言われると恥ずかしい」

消え入るような声で言うと、彼は口元に微笑みを浮かべた。だが、それは嬉しくて笑ったというより、どこか儀礼的にも見える。

「ちゃんと話をしたいと言っただろう。それに、あなたは食事をする必要があった。だから、ここへ連れてきたんだ」

「そうですけど、でも」

そう言うとエリージャは陸の手に、そっと指を重ねた。

ひんやりした指先の感触に、陸は背すじが震える。そして、先ほど口にしたクリームの味がよみがえった。

舌先で溶けるクリームの官能。それはえも言われぬ、蕩ける味わい。

こんなことを考える自分は、どうかしている。おかしい。……おかしいってわかっているのに、身体を貫く感覚は、何なのだろう。

「私は祥子の葬儀に出席して、人生の終わりを思った。誰もが必ず迎える、人生の終末だ」

エリージャは陸の手を握る指先に力を込める。人肌に触れて、顔の強張りが解けた。

「私が死ぬ時、もしくはあなたが旅立つ時、どうか一緒にいてください」

衒いのない言葉。だけど、陸の唇から、よどみなく声が出る。

「ぼくも、ぼくもエリージャと一緒にいたい」

何の迷いもなくそう言うと、彼は目元を細めた。眩しいものを見つめる顔だ。

「静かなところで、話の続きをしようか」

途中、エリージャはフロントに行くと、すぐに戻ってきた。彼の隣には、黒いスーツを着た初老の紳士が立っている。

「陸、こちらがボーイ長のオルグレン。いつも、よくしてくれる」

「はじめまして。お会いできて光栄でございます」

彼は陸に挨拶をすると、すぐにエレベーターへと案内してくれた。一般のエレベーターでなく、最上階への専用機だという。

「静かで、いい部屋だよ」

見るからに格の高そうな一流ホテル。そのホテルに自分の部屋があるなんて、陸には想像もつかない。

案内されたフロアは、彫刻を施された象牙色の壁と天井。きらめく照明はクリスタル。壁に飾られた絵画は、美術に興味がない陸の目から見ても心惹（ひ）かれるものだ。廊下の絨毯（じゅうたん）が深すぎて、かかとが埋まった。

「エリージャ様、陸様。お疲れ様でした」

名を呼ばれ、ハッとした。大きな扉の向こうは、これまた想像を超えた広い部屋だ。大きなリビングに生けられた、たくさんの生花。大きな窓を飾る繊細なレースのカーテン。部屋の中央には大きなソファとマホガニーのテーブル。その上には、フルーツとチョコレートが用意されていた。

「それでは、どうぞごゆっくりお過ごしくださいませ」

「ありがとう。ご苦労様」

エリージャがチップを渡しながらそう言うと、オルグレンは礼を言って出ていく。

「どうぞ。座って」

改めて言われ陸は大きなソファに腰を掛けると、隣に彼も座った。

「先ほどは、結局ほとんど食べていなかったろう。何かオーダーしようか」

そう言われたが、黙って首を振るのが精いっぱいだ。エリージャは陸の手を軽く握る。

「緊張しないで。ラウンジで食事をさせたかったけれど、あなたは居心地が悪そうだった。ここへ連れてきたのは、静かな部屋なら少しは気を楽にしてもらえると思ったからだ。取って喰ったりはしないよ。誓います」

　彼の口から、『取って喰う』と言われると、何だか不思議な気持ちがした。陸が顔を上げると、少し心配そうな色をした瞳が覗き込んでいる。

「取って喰わないんだ」

　そう囁くと、彼は握りしめた陸の手に唇を触れさせる。そのとたん、電流が走ったみたいに身体が震えてしまった。

「喰ってほしいのか」

　訊ねられて、ゆるゆると首を振る。エリージャはそんな陸の額に、そっとくちづけた。

「私はあなたに、触れることを許してもらえるかと訊ねたことを、覚えている？」

　もちろん覚えている。忘れようとしても、忘れられない。

　事故のあと、トマスと母の遺体を連れてウィトキン家へ戻った夜のことだ。

　あの時、彼は陸を抱きしめ、「私はあなたに、くちづけしたい」と言った。

　すぐあとにエミリが戻ってきたので、それどころではなくなってしまったが。

「覚えています。エリージャはぼくに、くちづけしたいって言いました。エミリが帰ってきて、中断してしまいましたが、ぼくはずっと待っていた。あなたが、ぼくに触れてくれるのを、ずっと待ちぼうけでした」

「陸、……陸。何てことだ」

彼は大げさに天を仰ぎ、それから陸を抱きしめた。

「葬儀のあと、あなたとトマスがあまりに親密だったから、私は場もわきまえず嫉妬してしまったという話をしたね。浅はかで愚かな私を、どうぞ笑ってくれ」

「葬儀のあとって、だってあれは」

「わかっている。ちゃんとわかっている。祥子を失ったあなた方の喪失は大きかった。彼女を送り出し抱きしめ合うのも当然だ。そんな二人に嫉妬するなんて、私は醜い」

陸は抱きしめられたエリージャの胸に額を寄せて、静かに溜息をつく。

「エリージャ、……キスして」

陸がそう囁くと、彼は唇を近づけてくる。魔法にかかったみたいに、動くことができない。

エリージャのキスを待つように目を閉じると、優しく唇を塞がれた。

だが、すぐに離れてゆく唇に不満が募る。

「もっと。もっとキスして」

「今の私は、あなたに何をするかわからない。煽らないでくれ」

「煽るってなに？　そんなことはしていないよ。ただ、キスしてほしいだけです」

「それが煽っているというんだ。私はあなたを抱きしめたい。抱いて、めちゃくちゃにして、私のことだけしか考えられないように、あなたを抱き殺してしまいたい」

そう言うと彼は苦しそうに眉根を寄せた。そんな顔をされると、胸が引き絞られるようだ。

「エリージャ、さっき言った結婚してくださいっていうのは、ぼくの本音です。でも、あんな場所で言うべきことじゃなかった。ごめんなさい」

「謝らないで。私は無骨な男だから、素直に嬉しいと言えなかった。でも、本当に嬉しかったんだ。私の大切な姫君が、求婚してくれたのだから」

熱い囁きに陸はどう答えていいかわからなかったが、エリージャにしがみついた。

「抱きしめるだけじゃダメ。もっとして……っ」

自分でも、どうしてこんな大胆なことを口走ったかわからない。でも、抱きしめてくれる腕は力強さを増して、陸の気持ちを昂らせる。

「すき、好きです。エリージャ。あなたになら、殺されてもいい」

「私の可愛いお姫様。私だけの姫君。殺したりするものか。夢のようだ。ああ、愛している。あなたは私の、私だけの宝石だ」

熱い囁きを耳にして、涙が出そうになる。

この人を好きになってよかったと、陸は恍惚に融けた頭でそれだけを考えていた。

6

エリージャは陸の両手をシーツに縫いつけるようにして、押さえ込んでいた。まるで拘束だ。でも、その不自由な体勢が。ドキドキするほど感じる。

「ん、ん、んん……っ」

甘く強いくちづけは、陸から呼吸を奪うみたいだ。息が止まりそうになって、何度も呻いたが、解放されることはない。

もがいた隙に、唇のあわいから熱い舌先が口の中に入り込んでくる。その震えに乗じたみたいに、陸はねっとりと上顎を舐められた。

「ん、んんん――――っ」

びくびくと淫らに震えると、微かに笑われた気がした。何だか負けてしまった気がする。勝ち負けじゃないとわかっているのに、どうして悔しいのだろう。

頭の中を、官能という名前の波が襲ってくる。それが怖くて、弾む息を抑えられない。

エリージャはいったん離れると、陸の唇を何度も甘噛みした。何だか、卑猥(ひわい)だと感じる。

涙に濡れた瞼を開くと、すごく近くに彼の瞳があった。

ずっと琥珀色だと思っていた瞳は、見る角度によって金色にも見える。

抱きしめられているうちに、意識が遠くなるみたいだ。それが怖くてエリージャの服に、やみくもにしがみついた。

陸の不安な気持ちがわかっているのか、いないのか。彼は服の上から陸の乳首を、ゆっくりと執拗（しつよう）に撫でまわしてくる。慣れない感覚に身体を震わせると、小さく笑った。

「可愛いね。ここが感じるんだ」

何か恥ずかしいことを言われた気がして身を捩（よじ）ると、ふたたび揉（も）みしだかれて声が出る。

「やぁ、やだぁ……、くすぐったい……っ」

「くすぐったいって、気持ちいいってことかな。陸は、ここが好き？」

エリージャの笑いを含んだ声が、とても恥ずかしい。顔を真っ赤に染めながら顔を上げると、恍惚とした表情で自分を見つめている視線とかち合う。

「答えて。陸はここを弄（いじ）られると、気持ちいいの？」

真っすぐに見据えられて、答えられなくなってしまった。自分の欲望を認めるのは、恥ずかしい。ましてや、彼のように美しい人に乱れた身体を見られたくない。

「陸のことを知りたい。何もかも知りたい。教えてくれるね？」

熱っぽい声の囁きに、どうしていいのかわからない。

「ぼくのこと、ぼくのことなんて、そんな……」

「手始めに、まず、どこが感じるかということを知りたいんだ。どこが悦ぶのか、何が気持ちいいか、すべて教えてもらうよ」

シャツの裾からエリージャは手を忍び込ませ、確認するように肌を撫でた。淫靡な感覚に、身体中が痺れてくる。

気持ちいい。

どうしよう。どうしよう。気持ちいい。

こんなこと今まで考えたことがなかった。口の中を舐められて、触られて、気持ちがよくなるなんて想像したこともなかったのに。

生まれて初めての感覚に気を取られていると、エリージャはその突起を甘く噛み始めた。そして片方の手はゆっくりと腹部を撫でまわしている。

「ああ……っ」

「私の花嫁は、何て可愛いんだ。乳首を噛まれると気持ちいいのか」

「や、ぁだ、やだ、言わないで、……いわないでぇ」

生まれて初めての愛撫に気を取られていると、エリージャの指が腹部から性器へ移り、ゆっくりと絡みついてくる。

身体を強張らせる陸だったが、彼は執拗なくらい性器を愛撫し続けた。するとすぐに、とろとろと透明な蜜が滲み出てくる。

「あ……や、ぁああ……」

エリージャの指先の動きが速くなればなるほど、恥ずかしくなるぐらい濡れた音が部屋の中に響き渡る。

濡れている。

きっと、すごく濡れている。彼の指先は、いやらしく濡れそぼっているだろう。

自分は、今いったいどんな淫らなことになっているのか、怖くて確認なんかできない。

「嬉しいよ。陸も感じてくれているんだ。ああ、もっと乱れてくれ」

「やぁ、ああ、ひゃ、ぁああ……っ」

頬が、身体が、性器が熱い。口がだらしなく開いて、唾液が唇の端から垂れているのがわかる。自分があまりにも卑猥で、恥ずかしくてたまらない。

「あの、あ、あ、……っ」

「可愛い。もっと濡れてごらん。もっと溢れさせて、いやらしくなって」

エリージャは、唆(そそのか)すことばかり囁いて、陸の羞恥心を煽ってばかり。そして、淫らな言葉に煽られて、自分はぐずぐずに蕩けている。

こんな猥(みだ)りがわしい姿を見たら、きっと呆れられる。エリージャに嫌われてしまう。

「き、きらいにならないで……っ」

思わずそう言ってしまった陸を、彼は不思議そうに見ている。

「どうして私が、陸を嫌いになる？　そんなことは、ありえない」

「だ、だって、ぁあ、ああ……っ」

「何が怖いんだ。気持ちがいいのは罪悪じゃない、自然なことだ。それに私の手で陸が快感を得るのは嬉しいよ。とても嬉しい」

エリージャはそう言うと、性器をさらに擦り上げた。陸の唇から蕩けそうな悲鳴が上がる。

彼の手から逃れられなくて、身体中を淫らにくねらせた。

だから乱れている陸を、エリージャが目を細めて見ているなんて、気づけなかった。

「気持ちがいいって、言ってごらん」

「あ、ぁ、気持ち、い、い……」

催眠術にかかったみたいに、彼に誘導されるまま、淫猥な言葉を口にした。そのとたん握られた性器から蜜が溢れ出る。

「いい子だ。触られて気持ちがいいんだね」

「うん……っ、いいの。すごく、すごく気持ちがいい……っ」

爪先が跳ね上がり、身体がぎゅうっと震えた。そんな快感が、新たな快感を呼ぶ。もう、どうしていいのかわからない。

早く終わりたい。終わってほしくない。もうやめてほしい。ううん、ずっと続けばいい。

いろんな思いが綯い交ぜになり、自分でも何を口走っているか理解できなくなる。

「もっと、……あ、あ、もっと……っ」

「もっと？　もっと、どうして欲しい？」

改めて訊かれると、どう答えていいのか、わからない。一人で喘いでいたのが恥ずかしくなって、答えが出なくなった。

「もっと、くるくるしてって言ったね」

「え……？」

急に場違いなほど真摯な眼差しに見つめられ、陸は目を見開いた。

「わぁ！　すごい。もっと、くるくるして！　って、あなたは言った。可愛らしい声でおねだりされて、本当に嬉しかった。いくらでも抱き上げて、回してあげたかった」

「エリージャ……」

「今の私も同じ気持ちだ。もっと悦ばせたい。あなたの心と身体が溶けるまで奉仕したい」

その言葉を聞いて、たまらなくなった。彼のがっしりした首にしがみつくと、強い力で抱きしめ返される。

「ほ、奉仕なんて、そんなの嫌だ。ぼくはあなたのものだから、好きにして……っ」

「陸……」

「エリージャ、すき。だいすき」

そう言ったとたん、きつく抱きしめられた。骨が砕けそうな力に息が止まりそうだ。

男の身体を抱きしめてみると、とても重いのだと改めて知る。生身の肉体の重量だと思うと、幸せな苦しさに頬が赤くなった。

これから自分は、この人を受け入れるのだ。

そう考えると違和感と恐怖が襲ってくる。胸の鼓動が異様に速い。

いつの間にか溢れてきた涙が、眦(まなじり)から零れ落ちた。エリージャはその涙を、ゆっくりと舐めていく。彼の舌先で舐められると、背筋がぞくぞく震えた。

食べられているみたいな、そんな官能的な熱さだ。

ふたたび深くくちづけられて、舌が口腔に忍び込んでくる。熱くて甘いそれは、極上のお菓子みたいな味がした。

その甘美さに気を取られている隙に、彼はベッド脇のチェストから小さな缶を取り出すと、中に入っている乳白色のクリームを指ですくい取り、陸の下肢へと塗り込んだ。

初めての感覚に、身体が硬く強張ってしまった。

「ひ、ぁ、ああ……っ」

体内の奥へと潜り込んだ指先が、慎重に入り口をほぐしている。その感覚に涙が滲む。

「痛いか?」

宥(なだ)めるように静かな声が話しかけてくる。それに必死でかぶりを振った。

「い、いたく、な、ない……っ」

痛みはない。でも、言いようのない違和感が身体を這い上ってくるみたいだ。

「意地っ張り」

中へ中へと入り込む指先が、慎重に肉壁を解し、さらに奥へと進もうとしている。このまま奥に入られたら、自分は、どうなってしまうのだろう。

男同士の性交について、知識がないわけではない。猥褻な雑誌を読んでいたクラスメイトが何も知らない陸を面白がり、赤裸々な話を聞かされたことがある。

でも、まさか。まさか自分が、そんな卑猥なことをするとは、考えてもみなかった。

鼓動が速くなってくる。恥ずかしいくらい頬が熱い。きっと真っ赤になっているだろう。

そこまで考えていた陸の鼻先に、とつぜん濡れた感触がした。

エリージャが、ちゅっと音を立てて可愛いキスをしたからだ。子供みたいな甘いくちづけに思わず笑ってしまうと、その隙を見計らったように、深々と抉られる。

「あの、あ……、あ、あぁっ」

彼は片手で陸の性器を猥りがわしくしごき上げ、もう片方の手で体内を突き上げ、蠢かした。

初心な身体は一気に上り詰めた。

「やぁ、ああ、ああ……っ、エリージャ、エリージャ、すき……っ」

身体の中がぐんぐん熱くなり、頭の中まで掻き回されているみたい。

陸はエリージャの胸にしがみつき、必死でその快感に耐えた。耐えながら、彼に好きだと囁いた。それしか言える言葉がなかったからだ。

おかしくなりそうな悦楽の中で、聞こえたのは。

「陸、お前を愛している」

いつも「あなた」と礼儀正しい言い方をするエリージャが、とつぜん「お前」と陸を呼ぶ。その瞬間、身体中が感じてしまった。

「エリージャ、エリージャ……っ」

頭がおかしくなりそう。ぞくぞくして、ぶるぶるして、もうやだ。何も考えられない。

陸はとうとう愉悦の頂点に昇りつめて、熱い精液を撒き散らしてしまった。

「ああああぁ――――っ」

身体中が震えて、抱きしめてくれる逞しい男にしがみつく。神経の束を、擦り上げられたみたいな悦びだ。

「いい子だ。快感には、すぐ慣れる。慣れたら、これが大好きになるだろう」

宥めるような囁きが沁みてくるみたいだ。こんな強烈な感覚に、慣れたりするのだろうか。

大好きになったら、どうしよう。どうしよう。

初めて味わう果実は、あまりにも淫靡だ。貪ってしまいそうな、はしたない自分が怖い。

彼は陸が射精したあとも、根気よく愛撫を続けていた。そのせいで、すぐにまた身体が震えてしまう。それが怖くて、エリージャの胸に手を当てて止めてくれるように促した。

「大丈夫。怖がらなくていい」

そう囁いて、逃げ腰になっている陸を抱きしめ、甘やかすキスを落とした。

「きもち、いい……」

自然に唇から零れ落ちた言葉に、エリージャは目元を細めている。

「陸は今まで、誰にも触れられることはなかったのか？」

訊かれた内容の意味がわからず、ポカンとしてエリージャを見つめた。

外国人に比べたら日本人なんて奥手で、その中でも、やや引っ込み思案の陸は、誰かと性的な交渉なんて持つはずがない。

恥ずかしくて何も言えずにいると、エリージャは陸の顎を片手で掴む。そして強引に自分のほうへと顔を向けさせた。

「答えて。どんな男と付き合っていたんだ」

「……お、男？」

「怒らないから言いなさい」

鋭い瞳で見つめられて、慌ててかぶりを振った。

「ぼく、誰とも付き合ったことはないです。女の子ともないし、男なんか、もっとない」

よく考えてみれば陸が今まで誰と交際しようが、彼には関係がないのだ。だけど、なぜだか必死になって、震える声で言い募った。

「本当に？　こんなに愛らしい姫君に、誰も目を留めなかったというのか」

「本当です。信じてくださ、……あ、ぁあ、んん……っ！」

エリージャの指が体内から引き抜かれたせいで、声が弾んでしまった。

「すまない。びっくりしただろう」

横暴な暴君は身体の力が抜けている陸の髪を何度も撫でながら、彼がぐっと腰を押し付けてきた。

「私を身体の奥深くまで、受け入れてくれ」

囁きながら何度もくちづけられて、頭の中がくらくらしていたが、必死で頷いた。

エリージャは陸の身体を引き寄せると、自身の膝に乗せるようにして脚を大きく開いてしまった。その、あまりにも露骨な体勢に、顔が真っ赤になるのがわかる。

「こ、こんな恰好、やだ……」

必死に言ったとたん、涙が滲んだ声で「つらいか」と囁いた。

「この姿勢が陸に負担がないと思う。ほんのちょっとの間だから、我慢してくれないか」

滲む視界でエリージャを見ると、彼は本当に困ったような顔になっている。自分が彼を困らせているのだと悲しくなった。

「だ、だいじょうぶ。うん、本当にだいじょうぶ、だから」

だから、挿れて。

そう囁いたとたん、強い力で抱きしめられた。エリージャは身体を起こすと、先ほどの缶をふたたび手に取る。そして中身を自らの性器に塗り込むと陸の入り口に擦りつけた。

熱い。

無意識に身じろぎをすると、ゆっくりと肉塊は、じりじりと体内を侵略していく。

「あ、……っ」

震える陸の身体を慈しむように、彼は丁寧に肉壁を擦り上げてくる。痛みでなく、生々しい存在を感じた瞬間。

「ひ、あ、やぁ……っ！」

皮膚に走る、びりびりした感覚。耐えられない。挿入されたところから肉が溶けて、死んでしまいそうになる。顎を反らして耐えていると、宥める唇が触れてくる。

キスは唇から頬へ、瞼や顎や額に、優しく繰り返された。

エリージャの唇は髪に触れるようにキスをして、耳たぶを噛んでくる。軽い痛みに唇が開いた瞬間、ぐっと侵入が深まった。

ぜんぶ入ったのかと、いつの間にか閉じていた瞼を開く。だけど、身体にのしかかっている彼は、挿入をすべて果たしていない。

「ま、まだ、ぜんぶ、はいってない、の……」

思わず泣きだしそうになると、困ったような表情のエリージャが自分を見つめている。

「すまない。もう少し辛抱してくれ」

彼はそう言うと、陸の耳殻(じかく)を噛みながら舌で愛撫した。優しい愛撫に、ホッとした瞬間。

エリージャは陸の両肩を抱き込むと、一気に奥まで挿入を果たしてしまった。

「やああ……っ！」

思わず身体を仰(の)け反(ぞ)らせると、強く抱きしめられた。呼吸をしようとしたが、唇を塞がれる。

苦しい。息ができない。

「ん、んん……っ！」

口腔に侵入してきたエリージャの舌先が、いやらしく歯列をなぞってくる。それと同時に、体内に挿入されていた彼の性器が抽送を始めた。

「あぁ――――……っ」

いやらしい音がした。果実を潰すみたいな音だ。

おおきい。こすられる。おおきい。いたい。やだ。かたい。とけちゃう。……いい。

戸惑いと驚きと、そして快感らしきものと。

いろいろな感情が綯い交ぜになって、頭がおかしくなりそうだ。

どうしていいかわからなくて混乱したあげく、やみくもに大きな背中へ抱きついた。すると大きな手に、きつく抱擁される。

そんなふうに抱かれると、エリージャに征服されたみたいだ。苦しいのに、身体の奥底が嬉しくてドキドキしてしまう。

彼は挿入を果たし、ゆっくりと腰を動かして陸の中を掻き回してくる。そうされると喉奥から声が洩れた、だが、それは苦しいものでなく、いやらしく男を煽るものだった。

「あ――…っ、ああ――…っ」

「陸、何て声だ。私に挿れられて、気持ちいいのか」

ぐっと腰を入れられて、卑猥な音が響く。

気持ちいいのか悪いのか。明確にはわからない。でも、こうやって掻き回されると、頭の中が痺れて、心と身体が蕩けてしまいそうだった。

「あ、やあ、あ、あ……っ、ひぁ……っ」

とろりと蕩けた体内を、硬くて大きな性器で抉られて、おかしくなってしまいそう。

浅い呼吸を繰り返しながら口を開くと、また厚い唇に塞がれてしまう。

その甘い舌先を受け入れ貪っていると、身体が跳ねる。自分でも、どうにもならない。

狭い壁を擦り上げられて、猥雑な悦楽が肉体を満たしていく。痛みと違和感と、それだけでない快さが、麻薬みたいに沁みとおっていく。

「あっ、あっ、あっ、はぁ、はぁ、や、らぁ……っ」

自分を責める男の大きな背中に縋り、いやらしく腰を押しつけている自分に気づいて、恥ずかしくてたまらない。でも、すぐに悦楽に流されて、何も考えられなくなってしまう。

「陸、ああ、可愛い陸。何て身体だ。蠢いて、私を食んでいるのは無自覚か。悪い子だ。清らかな顔をしながら、こんなにも私を魅了するなんて」

熱っぽく囁きながら、エリージャはさらに抉っていくように腰を突き上げた。

「ああ、ああっ！　ああ、や、やぁっ、ぁあっ！」

とける。とけちゃう。とけちゃうよ。

言葉にできない、甘ったるい快感が身体を痺れさせる。

「やだ、あ、やだぁ……っ」

思わず拒否の言葉を口走ってしまうと、エリージャはピタリと動きを止めて顔を覗き込んでくる。その瞳は冷静だった。

「嫌か？　嫌なら、すぐにやめよう。どうする？」

驚くほど優しい声に訊ねられて、陸は慌てて自らの両手で口を押えた。

どうにかなりそうな恐怖はあるけれど、やめてほしくない。

ずっと、こうしてて。だきしめて。はなさないで。

それらの言葉を、どう伝えていいのか考えあぐね、陸は彼へと手を伸ばした。すぐに意図を察してくれた男は、長い腕で抱きしめてくれる。

「ち、ちがう、の」

「違う？　何が違うんだ」

優しく抱かれたい。でも、めちゃくちゃにされたい。それをどう伝えたらいいのか。

「こ、こわい。だから、だっこして」

「怖い？　痛いのではなく？」

「いたくない。いたくないから、だっこ。だっこして……っ」

呂律が回らぬまま訴えて、体内に挿入されている大きな肉塊をキュウッと締めつける。そんな仕草で陸の気持ちは通じたようだった。

「お前は、どこまで私を翻弄するつもりだ」

エリージャは陸の両腋に手を差し入れると身体を起こし、あっという間に自分の膝に乗せてしまった。体内の性器はそのままだったので、陸は刺激に悲鳴を上げた。

「あああぁっ、あ……っ、あぁ……っ」

深々と身体の奥を穿ちながら、彼は自分の身体を跨がせる恰好で陸を座らせ、ゆっくりと身体を突き上げてくる。

「やぁ――……、あ、あ、ぁあ……――」

耳殻を噛み、耳の孔に舌を差し込まれた。食べられているように舌で愛撫されると、それだけで陸の身体は溶けだしてしまう。

「ああ、たまらないな。陸、私のお姫様。お前の宝石のような身体は、ぞくぞくするほど魅惑的だ。もっと感じて。もっと乱れてごらん」

そう言うと、またしても陸の身体を激しく揺さぶった。

「あぁぁぁあぁあんん……っ」

甘ったるい嬌声が唇から零れてしまう。抑えようと思っても、抑えられない。

自分の悲鳴がスイッチみたいになって、陸の身体がさらに蕩けていく。そうすると体内の性器を締めつけてしまって恥ずかしい。

でもエリージャは眉をしかめているけれど、満足そうに溜息をついている。

「ああ……、いきなり搾られたら、持っていかれるだろう」

言葉では責めているのに、彼の口元は嬉しそうだ。

「あ、あ、……エリージャ、エリージャもいい？　きもち、いいの？」

必死の思いでそう訊くと、唇を塞がれた。

「最高だ。私の陸。私だけの愛らしいお姫様。こんなに気持ちいい身体と巡り合えるとは想像もしていなかった」

大きな背中に縋りつきながら、腰をいやらしく上下させる。そうしていると、頭が朦朧としてきて、自分がどれほど淫らな恰好をしているかわからなくなってくる。

でも。でも、もっと。もっと欲しい。もっともっと欲しい。

イヤと泣きながら男を締めつけ、陶酔に溺れる自分はおかしい。おかしいのだ。

エリージャが固い腹筋で陸の性器を押さえつけ、その先端を擦る。そのとたん、唇からまた嬌声が上がった。

「ひぁ、あ、あ、あ、んっ！　ああ、や、やぁっ、あぁあっ！」

やめて。やめて。とけちゃう。とけちゃうよ。

そう涙声で哀願すると、ぬかるんだ内壁をもっと強く擦り上げられる。わけがわからなくなり必死でエリージャの腕に、何度も爪を立てた。

強烈すぎる刺激を味わうことは、快楽でなく苦痛に似ている。

でも、逃げたいと思わない。いや、もっと強く抱きしめて。もっとひどいことをして。

回らない呂律で哀願すると、宥めるように髪にくちづけられた。

「男を煽るな」

そう言うと彼は大きな手で陸の臀を強く揉みしだいていく。

陸が滲ませている蜜が、エリージャの肌を濡らしていた。それを見下ろしていた彼は、さらに深く突き上げてくる。

「あ、あ、あ、いい、……っ、……ん、ん、……」

「いくぞ。陸、お前の中でいかせてくれ」

何を言われたのかわからないまま、必死で頷いた。何でもいい。エリージャのしたいように、やりたいようにして。

「はい、……はい、ああ、はい、いって……っ」

厚い胸にしがみつくと、何度も身体を穿たれた。気が遠くなりそうな中、このまま死んでしまうかもしれないと思った。

こんな快感の中、もし死ぬのなら。きっとそれは幸福なのだ。

陸の身体を強く抱きしめていたエリージャが、ぶるっと震えた。すぐに滾った白濁が体内へと注ぎ込まれていく。

「あぁ、あぁ、……っ」

射精したばかりの敏感な性器を擦られて、彼と一緒に陸も昇りつめてしまった。

「あ、あ、あ、やぁあ……っ、……ん、ん、……」

「くそ、ああ、陸……っ」

エリージャは射精したあとも、捻じ込むようにして掻き回してくる。そうされると内壁に白濁を擦りつけられて、それだけで感じて震えてしまう。

自分の撒き散らした白濁がエリージャの肌を汚したのはわかったけれど、淫らに腰を擦りつけて、陶酔を極めた。

「あぁ、あぁ、……っ」

二人は突き上げられ快感から落下するような失墜感、そして、蕩け落ちそうな感覚を味わいながら抱き合い、くちづけを繰り返す。

射精したばかりの敏感な陸の身体が、痙攣（けいれん）みたいに震えた。何度も彼の性器を締めつけていると、うっとりするような幸福な気持ちになってくる。

「ふ、……う、ふ……」

何度もくちづけられ、髪を撫でられる。深いキスはいつしか唇から瞼や頬、顎から鼻の頭にまで至って、最後はくすぐったくて笑ってしまった。

「陸、愛している。私だけの姫君。愛おしいお姫様」

「はい。ぼくも、……愛しています、エリージャ。あなただけ……」

広い胸に抱き寄せられると、あっという間に睡魔が襲ってくる。

寝てしまうより、もっと抱きしめ合いたい。そう思いながら、意識が途切れていく。

そんな陸を彼が優しく見つめていることにも気づかぬまま、あっという間に眠りの沼へと引きずり込まれる。

この数日間、ずっと得られなかった安らかな眠りに、抗（あらが）えるはずがなかった。

7

結局トマスは、ふたたび入院となってしまった。

外傷は奇跡的に少なかった彼だが、退院後検診の際、肝臓にわずかな出血が確認された。幸い手術には至らず、一週間の入院治療で回復すると診断をされたのだ。

その結果を聞いて陸は安堵し、まずトマスに入院してもらった。それから必要なものを取りに屋敷に戻り、メイドたちと支度を整える。世間的にはクリスマスで華やかにざわついているが、ウィトキン家は喪に服していて静かなものだった。

入院中は安静と言い渡されていたので、退屈せず、しかし楽しみになるようにと仔犬と仔猫の写真集もバッグに忍ばせる。それを見たメイドが笑った。

「トマス様がお喜びになります。とにかく、動物が大好きでいらっしゃるから」

「入院している間は退屈だと思って。一週間、これで気を紛らわしてくれればいいけど」

「陸様は本当にトマス様と仲が良ろしくて、見ていて微笑ましいですわ。……お嬢様は、今日も明け方に帰っていらして、まだお休みです。お父様の入院のことも先ほどお知らせしましたが、部屋から出ていらっしゃる様子もございません」

メイドからエミリのことを聞いて、陸は返答に困った。確かに彼女の行動は目に余る。だけど、それは目障りだった祥子と、陸がこの家にいるせいではないのだろうか。

祥子は亡くなってしまったが、まだ陸がこの家にいるから、自分の家にいたくないと思っているのではないだろうか。

彼女の心の闇を思うと、胸が苦しい。だが陸はあえて口にせず、明るい声を出した。

「んー。エミリは、どこか遠いところで一人暮らしをしているって思ったほうがいいかもね。いちいち考えていると、ストレスになっちゃうよ」

陸がそう言うと、メイドは悲しそうな表情を浮かべる。

「陸様のほうが本当のお子様のようですわ。お嬢様も昔は、お父様っ子でいらしたのですが、どんどん派手な夜遊びにかまけるようになってしまわれて」

話をしていると、内線電話が鳴った。メイドが出て、すぐに陸へ用件を伝える。

「陸様、一階にエリージャ様がお見えです」

「え？　どうしたのかな。特に約束していないのに」

階下に向かうと、彼は外にいるとメイドが言う。もしかしてと思い慌てて扉を開くと、そこにはボルゾイのリリアを連れたエリージャと、可愛い仔犬がいた。

「わぁっ、リリア！　ちびちゃん！　元気だった？」

両手を広げて犬たちを歓迎し盛大なハグとキスを繰り広げると、コホンと咳払いが聞こえる。エリージャだ。

「私よりも、まず犬か。陸は相変わらずだ」

リリアの大きな頭を抱きしめていた陸は、「あれ？」という顔で、恋人を見つめた。今日はグレイのコートを着ていて、それも彼の美貌に映え、とても素敵だ。

「あ、ごめんなさい。ついリリアとちびちゃんに目がいっちゃって」

「いいよ。何となく予測していたから。ああ、それよりトマスは、もう入院したのか」

帰宅してから、まずエリージャに電話をして、事情を説明してあった。陸は彼に、何でも話をする。それに対して、エリージャは面倒がらずに聞いてくれていた。

「はい。ですから、入院に必要な物を届けに行こうと思って」

「何てことだ。陸が大量の荷物を運ぶなんて、私には耐えられない。車は必要ないのか。誰か車を用意できないのか」

芝居がかった台詞と、これ見よがしに車のキーをチャラチャラいわせる仕草に、陸は吹き出してしまった。荷物は小さなボストンバッグ一つ。ぜんぜん重くなんかない。

「な、何を言ってるの。おかしい。送ってあげようかって言えばいいのに」

「そう言うのは簡単だが、私は恋人に頼ってもらいたいんだ。上目遣いで、『荷物が重くて』などと言われたら、万難を排してでも荷物持ちに参上するさ。紳士とは、そういうものだ」

勿体ぶった言い方が、可笑しすぎた。陸はとうとう吹き出してしまう。

子供の頃から贅沢（ぜいたく）は許されていない家庭環境だった陸は、人に頼ったりすることも苦手だった。このくらいの荷物なら、もちろん一人で運べる。

でもエリージャのそばにいられるなら、ちょっと重い顔をしてみせようか。だって、彼と一緒にいられるのが何より嬉しいからだ。

そんなことを思っていたら、エリージャが頬にキスをしてくる。突然のことなので、避ける暇もない。陸は照れるよりも、怒ってみせた。

「いつ、誰に見られるかわからないんだから、外でキ、キスとか、しちゃダメです」

「今日は私が運転してきたから、誰も車にはいない。心配はいらない」

「どこで誰が見ているかわからないから、絶対にダメです。万が一にも、エリージャのお名前に傷がつくことがあったら」

「私は男だから、何を言われても大丈夫。陸、あなたが傷つけられないなら、それでいい」

いきなり真面目な口調で言われて、胸がドキンと波打った。こんなふうに真摯な態度を見せられると驚くのと同時に、嬉しくなってしまう。

「私の心配より、陸は今後、どうするつもりだ」

「え？」

「そろそろ帰国の期日が迫っているだろう」

突然、現実を突きつけられて言葉を失った。そう、旅行者として英国に入国した陸は、帰国しなくてはならないのだ。

母は生前にトマスと入籍を果たしたあとに亡くなったので、この地に埋葬されることが叶った。だが陸はただの旅行者だ。日本に住んでいた家も残したままだし、帰国したら、やらなくてはいけないことが山積みなのだ。

「日本に帰ったら母の仕事先への報告があるし、遺品の整理をしなくちゃ。それから学校のこともあるし、しばらくバタバタします。だけど、ぼくは英国に帰ってきたい」

「本当に？」

「大学を英国にする選択もあると、父に言われました。まだ父のことも心配だし、それに」

「それに？」

わざと陸の言葉尻を掴まえるエリージャが、真っすぐに自分を見つめている。

彼はわかっているのだ。どうして陸が英国に戻りたがっているか。トマスを思う気持ちと、そしてもう一つの事柄が、陸の心を締めつけていることを。

目の前に立つ彼と、どうしても別れがたいということに。

「陸、答えて」

優しい声に囁かれたが、恥ずかしい。女の子のような理由を言えるわけがない。

「……いじわる」

絶え入るような声で呟くと、彼の胸に顔を寄せた。エリージャは自分の胸に顔を寄せる陸の背中を、力強く抱きしめてくれる。

「私と一緒にいたいから、だろう。違うのかな」

こちらの気持ちなどお見通しだという眼差しに、悔しくなる。しかし、すぐに抱擁する腕に身体を任せた。こんなふうに抱きしめられるのが、何より大好きだからだ。

エリージャも同じ気持ちなのだろう。陸の髪に顔を埋めて楽しそうだ。

「嬉しい。本当に嬉しい」

「父のことが心配だって言ったでしょう。そ、それに、ちびちゃんの名前がまだだったし」

必死で言い募ると、エリージャは天を仰ぐように上を向いてしまった。だが、晴れやかに笑っている。彼は陸を抱きしめ、その頬にくちづけた。

「意地っ張りめ。私はあなたに夢中なんだ。さぁ、トマスのところに行こうか」

「はい！　あ、リリアとちびちゃん、一緒に連れていって大丈夫ですか」

行き先が病院なだけに、ちょっと気になったので提案してみる。

「私が考えなしだった。一度、自宅に戻って彼女たちを置いてこよう」

「それなら病院に行って帰ってくる間、裏庭に繋いでおいたらどうですか？　メイドさんにもお願いしておきますから」

その提案に、エリージャは頷いた。

「そうだな、預かってもらえると助かるよ。病院は近いし、すぐに戻れるだろう。迷惑だと思うが、頼めるかな」

「はい。裏庭なら誰の目にも触れないから、いいと思うんです」

　陸が提案した場所は、裏庭に面した屋敷奥のスペースだ。屋敷から裏庭に下りる場合、五段ぐらいの小さな階段がついているので、そこにリードを結んでおけば庭に出ていく心配もないし、普段は人通りもない。

　ちゃんと犬用のハーネスとリードも持参していたエリージャは、犬を繋いだ。

「ここは、いい場所だ。わざわざ覗き込まなければ、屋敷の方々の目に触れない。来客があっても、こんな裏庭にまで来ることはないだろうし」

「はい。ちびちゃんとリリアが、のんびりお昼寝できますね」

　表玄関だと不意の来客もあるので、犬の気が安まらないだろう。エリージャはリリアのそばに片膝をつくと、犬の顔を両手で持ち上げる。

「リリア、ちょっとだけ外出してくるから、ここでお留守番をしておくれ。すぐに戻ってくる。ちびも一緒だから淋しくないだろう。みんな、優しい人ばかりだ」

　リリアは頭がいい犬らしい。ちょっとだけキューンと鳴いたが、すぐに理解したらしく、リードもハーネスも大人しく装着させてくれる。裏口の手すりに繋いでも、まったく嫌がらなかった。ちびが騒ごうとすると、宥めるようにペロペロ舐めてくれている。

「リリアは本当にお利口だね。すぐに戻ってくるから、いい子で待っていて」

優しい子の長い鼻に、チュッとキスをした。すぐにペロンと頬を舐められて歓声を上げると、隣に立っていたエリージャが、複雑そうな表情を浮かべている。

「どうしたの？」

「いえ、リリアとキスしているあなたは、とても可愛らしい。だけど、私は一人取り残された気持ちだ。犬に嫉妬するのは、本意ではないが」

「犬に嫉妬？」

眉間に皺を寄せて言うと、彼は身体を屈め、陸の唇にチュッとキスをした。

たいして悪びれていない様子に呆れてしまうが、それでも本気で怒れない。

いつだって、仲良くしていたい。キスをして、手を繋いで、笑い合って、またキスをして。

「エリージャ！　キスはダメって言ったのに！」

「そうだったな。すまない」

日本にいた頃は奥手だった陸だけど、とても大胆なことを考えている。

エリージャがすき。だいすき。

だから、ずっと仲良くしていたいのだ。こんな自分は、おかしいのだろうか。

「陸、怒ってしまったか？」

わざわざ身を屈めて顔を覗き込んでくる愛しい人に、自分が何を怒れるだろうか。

「ばか……」

そう呟くと笑う気配がして頬にキスされる。今度は怒れず、彼の腕に抱かれた。もし誰かに見られたらと焦る気持ちはあるが、厚い胸に抱擁されて心地良さに流されそうになる。

「エリージャ、だいすき」

「ありがとう、私の可愛いお姫様。早く二人きりになりたいよ」

そう言うと彼は陸の額にくちづけてから、「時間がなくなりますね」と笑った。

「そうですね。早く行かなくちゃ。あ、ぼく、コートを取りに行ってきます」

厚手のカーディガンを着ていたが、さすがに寒い。急いで屋敷の中に戻ると、自室に向かう。

だが部屋の前に、誰か立っている。

「エミリ……」

思わず名を呼ぶと、彼女は真っすぐに陸を見た。

「エリージャが下に来ているでしょう。どうして中に入ってもらわないの」

睨みつける瞳にちょっと身体が竦む。情けない話だが、陸は彼女が怖い。

好意的な態度を取れと言うつもりなどないが、剥き出しの敵愾心と嫌悪感を向けられれば、誰でも怖いと思うだろう。

「これから、お父さんが入院している病院に行くので、待ってもらっているんです。ぼくは上着を取りに来ただけで」

「なぜエリージャがパパの入院を知っているの？　それに、さっき裏庭に犬を繋いでいたでしょう。あれは何？　私への嫌がらせなの？」

「お父さんの入院のことは、ぼくがさっき電話で話をしたからです。それに犬を繋いだのは嫌がらせなんかじゃなくて、エリージャが荷物を運んでくれるので、その間、犬を預かったんです。入院用の荷物を置いたら、すぐに戻ります。ごめんなさい」

そう言うと、彼女は怪訝な顔をする。何か不味いものを口にした、そんな顔だ。

「あの、一緒に病院に行きませんか。エミリが来てくれたら、お父さんも大喜びですよ」

「私は病院なんか大嫌い。ママが死んだ時に行ったけど、嫌な思い出しかないわ」

そう言われて、胸が痛くなる。彼女にとって病院は病や傷を治す場所でなく、巨大な墓場と同じなのだ。

気が強い彼女が幼い頃の思い出を未だに引きずっているのは、痛ましい。母親を亡くしたばかりの陸は、その気持ちがわかる気がする。

「すぐに帰ってきます。その間だけ、裏庭に行かないでもらえますか。ちびちゃんがいるから、じゃれついてしまうかもしれないし」

エミリは何も言わず、フイッと自室へ入ってしまった。何か気に障ったのかもしれない。

彼女の様子が気にはなったが、エリージャを待たせているのを思い出し、急いで部屋からコートを取って階下に戻った。

「では、急いで荷物を届けに行こう」

車に寄りかかり待っていてくれたエリージャはそう言うと、乗ってきたミニクーパーに陸を乗車させて出発する。メイドたちも玄関口まで見送りに出てくれた。

陸が何気なく屋敷を見上げた時、ふと、誰かに見られた気がした。

「どうかしたのか」

車を運転するエリージャに訊かれて、ちょっとだけ口ごもる。だが、首を横に振った。

「ううん。何でもないです」

屋敷の窓ガラスから見えたのは、憎しみの表情を浮かべたエミリの姿。

彼女からすると、愛するエリージャと共に出かける陸が、憎らしくて仕方がないのだろう。

あんなふうに窓に張りつくようにして自分たちを見ているかと思ったら胸が痛い。

今後は屋敷の近辺で、エリージャと接触するのは、やめよう。

今さらながら、気を引き締める。エミリのあんな顔を見るのは、つらすぎる。

陸は目を瞑り、見てしまった彼女の顔を、脳裏から消し去ろうと努力をした。

□□□

「すまなかった。まさかエリージャが来てくれるなんて、思わなかったよ」

トマスは病室に近いティーラウンジで、申し訳なさそうに頭を下げた。しかし、その顔はニコニコ微笑んでいる。その様子はいつもと変わりがなく、二人を安堵させた。

「困った時は、お互い様だよ」

「いや。こんなによくしてもらったら罰が当たりそうだ。それに陸も、何度もすまないね」

「ううん、ぼくは何もしてないから。今日だって荷物を詰めてくれたのはメイドさんたちだし、車で送ってくれたのはエリージャだし。あっ、そうだ。お父さん、今ね、おうちに犬が二匹もいるんだよ！　すっごい可愛いの！　ボルゾイの親子でね！」

「え。犬！　二匹！　ボルゾイ！　親子！」

トマスの瞳がキラッキラに輝いたので、二人は思わず笑ってしまった。トマスは恥ずかしそうに頬を染めている。

「笑わないでくれ。子供の頃から、動物が大好きなんだよ」

「そんなに犬が好きなのに、なぜ家では飼わないんだろう？」

エリージャの問いに、トマスは少し悲しそうな表情を浮かべた。

「娘が大の犬嫌いでね。子供の頃からヒステリーみたいに泣き喚くから、飼えないんだ」

思いがけずエミリの話が出て、陸とエリージャは顔を見合わせた。

「ヒステリー……、それって何か原因でもあったんですか」

「あの子が三歳の時に、大きな犬に噛まれたことがあるんだよ。あれは可哀想だったな」

そう言われると今まで受けた仕打ちよりも、痛々しいと思う気持ちが強くなる。

「あの子も来年は二十歳だ。もう少し大人になってもらわないとな」

トマスは苦々し気に言うと、「申し訳ないが、今日は休ませてもらうよ」と言った。やはり、まだ無理はできないようだ。二人は席を立つ。

「じゃあ、明日また来るね」

早く帰ってやらないと、ウィトキンの屋敷に置いてきた犬たちが不安だ。もちろん、エリージャも同じ心配をしていた。

トマスに別れを告げ早めにウィトキンの屋敷に帰ると、すぐさま裏口へと向かった。すると出かける時と同じ場所に、リリアとちびがいた。

「どうしたんだ」

エリージャはそう言うと、二匹へと走り寄った。すると、いつも大人しいリリアが、鋭く吠える。だが、すぐに飼い主と認めて、キューンと鳴いた。

「よしよし。留守番、ご苦労様」

そう言ってから二匹に触れようとして、彼の動きが止まった。

「エリージャ？」

「仔犬の様子がおかしい」

「えぇっ？」

確かに飛び跳ねるほど元気だった仔犬が、ちんまりと蹲(うずくま)っている。それだけじゃなく、ひどく怯えた目でエリージャと陸を見ているし、毛並みが逆立っていた。

「どうした？　大丈夫、もう安心だからね」

彼は優しい声で仔犬を慰め、身体に手を当て触ってみる。すると、いきなり「キャンッ！」と鋭い声が上がった。

「肢(あし)だ。力が入らないみたいに、ブラブラしている。折れているのかもしれない」

「折れている？　家を出る前まで元気だったのに、どうしてそんな」

「リリアも仔犬も、リードは外れていない。いったい何があったんだ」

屋敷の中にいたメイドたちは、水をあげてくれてはいた。だが、あとは構っていない。構わなくていいと、エリージャが頼んでいったからだ。

彼は仔犬を抱きかかえて立ち上がると、空いているほうの手でリリアのリードを外した。

「これから病院に行ってくる。リリアも連れていくから」

「ぼくも一緒に行きます」

必死の思いで言ったが、エリージャはかぶりを振った。

「いや。時間もかかるだろうし、私一人で行ったほうがいい。また連絡するよ」

そう言われてしまっては、もう口出しすることもできなかった。

エリージャは車に二匹を乗せると、挨拶も早々にウィトキン家を後にしていく。

深緑色の小さな車が屋敷から消えていくのを見送ってから家の中へと戻ると、メイドたちが顔を寄せ合っている。仔犬のケガを聞いて、とても不安そうだ。

遊び回って負った傷ではなく、繋がれていた上でのトラブルだと皆が察しているのだろう。責任感の強い者ばかりだから、自分を責めているのかもしれない。

陸は努めて明るい声を出した。

「ちびちゃんに水を出してくれて、ありがとう。何か変わった様子はなかった？」

そう訊ねると、メイドたちは不安そうな顔を見合わせるばかりだ。

この屋敷の敷地で、どうしてこんなことが起こったのか。今までの話を結びつけても、悪意を持った人間は中にいない。そう、誰も。

「陸様、実は、あの」

古株メイドたちの陰に隠れるようにして立っていた小柄な娘が、思い切ったように口を開いた。彼女は確か、ニコルという名のメイドだ。

「どうかしたの？」

「わ、私、先ほど、お嬢様を裏庭でお見かけしまして」

その一言に、全員に緊張が走った。

「ニコル、めったなことを言うんじゃありません」

目上のメイドが注意したが、彼女は思い詰めた顔で陸を見つめた。

「私、応接間の窓ガラスを拭いていたら裏庭のほうから、仔犬のすごい声がして何事かと思って裏庭に回ろうとしたら、お嬢様が立っていました。すごい形相で、『こっちに来るなっ』って怒鳴られて、怖くて近寄れませんでした」

「それ、何時頃か覚えている？」

「夕方の五時過ぎです。置き時計についているオルゴールが鳴ったので、よく覚えています」

「そっか。ちょっとエミリに話を聞こうかな。何か知りませんかって」

陸は明るい声を出し、場の雰囲気を変えようとした。

「でも陸様お一人だと、お嬢様が癇癪を起こされるのでは。ここだけの話、お嬢様は気に入らないことがあると、思いきり暴れたりなさいます。すごい力で、いろんな物を投げたりチェストを倒したりもするし」

「チェ、チェストを倒すの？　すごい力があるなぁ」

「感心なさっている場合じゃありません。陸様が心配です」

ニコルが気を揉んでいる。でも、仔犬がどうしてケガをしたか、真実を知りたい。

「うん、気をつけるね。部屋の中に入らないで、廊下で話だけするよ」

陸はそのまま階段を上り、二階の奥にあるエミリの部屋の前に立つ。

「陸です。エミリ、ちょっとお話ししたいんですけど」

彼女の自室の前で何度かノックしたが、答えは返ってこない。もしかすると、メイドが気づかない間に出かけたのか。それとも無視しているのだろうか。

　あきらめるしかないかと俯いた時、扉が開いた。

「うるさいわね。汚い英語で騒がないで」

　不機嫌そうな顔をしたエミリが、少しだけ開いた扉から顔を出した。

　いつも派手に飾りたてている印象が強いが、今日はシンプルなブラウスにジーンズという恰好だ。ベルトが少し前に流行った鋲つきの太いもので目についた。

　しかし、いい意味でのシンプルさではなく、荒れた印象だった。全体的に薄汚れているし、髪も乱れていた。そして何となく匂う。

「あんたの声を聞くと、頭が痛くなるわ。何か用なの」

「うるさくして、ごめんなさい。訊きたいことがあるんだ。今日、エミリは家にいたでしょう？　実はエリージャから預かっていた大切な仔犬がケガをしていたので、今、病院に行っているんです。もし何か知っていたら、教えてほしいと思って」

　そう言うと彼女は、片方だけ眉を上げげた。部屋の中に入れてくれる気はないらしく、陸は廊下で、エミリは扉から顔だけ出した格好で話を続けている。

「エリージャの大切な仔犬？　彼ったら困った人よね。犬なんか本当は大嫌いなくせに」

　愛犬家の彼が犬嫌いと言われて、陸は困った。だがエミリは上機嫌だ。

「彼と私が結婚したら、ゴート子爵家のお屋敷とは別に、私たちだけの住まいに移るわ。そこでは犬なんか飼わない。もちろん、あんたなんか、絶対に入れないから」

うっとりとした表情で言った彼女は、すぐに陸を睨みつけた。

「もう、あんたはエリージャに嫌われたわ。あんたのせいで、仔犬がケガをしたのよ。彼は怒っているでしょうよ。可哀想な仔犬ちゃん。可愛い右肢が台無しね」

「ぼくのせいって、どうして？　ぼくが帰ってきた時、あの仔はもうケガをしていたのに」

「理由は、どうとでもなるわ。何なら私がエリージャに言ってあげる。あの日本人がワザと仔犬をドアに挟み、ケガをさせていたってね。彼は私の言うことを信じるわよ」

陸がエミリを見ると、彼女は目を細めている。その面持ちには見覚えがあった。いつ見た顔だったろうか。そうだ、あれは。

(即死よ。即・死！)

母が死んだと聞かされ衝撃を受けた陸を見て、彼女がほくそ笑んだのは忘れられない。

それは、いたずらを思いついた子供の顔。可笑しくてたまらないといった目の輝き。陸を労(いたわ)るどころか、傷つけたいと願う冷酷さが滲む顔。

「エミリはなぜ仔犬が右肢をケガしたと、知っているの？」

そうだ。仔犬の話はメイドにもしたけれど、それが右肢だなんて言っていないのに。

「何よ、その口の利き方。あんた、私を誰だと思っているの」

「ぼくが訊いているのは、なぜ仔犬が右肢にケガをしたと知っているかだよ」

つねにない低い声が出た。エミリが竦んだような形相を見せたが、すぐに開き直って薄ら笑いを浮かべ、陸を見た。

「あのバカ犬、私の足に、じゃれつこうとしたのよ」

「え？」

「まとわりつこうとするから、振り払って屋敷に入ろうとしたら、あいつ、扉に肢を挟んだの。調子に乗るからケガをしたのよ。いい気味」

「何てこと……。あの仔はエリージャの犬だよ。とても大事にして可愛がっているのに」

「私は犬なんて大嫌い！　でもね、ケガをしてキャンキャン鳴いていた犬を見ていて、気づいたの。ケガをした理由を、あんたのせいにすれば彼が怒るだろうってね」

これ以上ないというぐらい面白そうに、エミリが笑った。

「彼って、エリージャのこと？」

「そうよ。あんたたちノラ犬は、嫌なことばかりする。パパもノラ犬に騙されていたわ。何が財産分与よ。ふざけやがって。遺産もこの家も彼もパパも渡さないわ！」

支離滅裂だった。どこをどう取ったら、騙されているという話になるのか。どうして今、財産分与の話が出てくるのか。ノラ犬とは、自分と母のことなのか。そして、どうして今、トマスの名が出るのか。

「これ見て」

エミリが扉を大きく開くと、全身が見えた。その手には、大ぶりのナイフが握られていた。

「ど、どこからそんなものを持ってきたの……！」

「パパが趣味で集めている中に、いっぱいあるわ。使いもしないのにね。だから、私が使ってあげるのよ。親孝行でしょう？」

引きつった陸の声に、彼女は笑うばかりだった。

「私の筋書きは、あんたが突然ナイフで私を脅迫するの。財産を寄こせとか言ってね。私は果敢に立ち向かったけど、名誉の負傷。あんたは警察に捕まるわ。どんなに釈明しても犯人で間違いないわ」

「ダメだよ、ナイフを貸して！」

「か弱い女の子が傷つきながら状況を説明すれば、誰もが私を信じるわ。あんたは犯人扱いで、よくて日本へ強制送還、悪かったら英国で投獄かしら」

めちゃくちゃなことを言いながらエミリは自分の身体にナイフを向けた。陸が飛びついてナイフを奪おうとした瞬間、大きな叫び声が響く。

「危ない！　お嬢様！　何をなさっているんですか！」

ニコルの甲高い叫び声を聞いて陸が身じろぎをしたのと、エミリがナイフで自分の腕を刺したのは同時だった。

「ぎゃあああっ」

陸は大きな泣き声を上げる彼女の手からナイフを奪い取ると、廊下の奥へと放り投げる。それから着ていたシャツを脱ぎ、エミリの傷口にシャツを当ててから縛り上げた。

「陸様、おケガはありませんか！」

「ぼくは大丈夫、それより救急車を呼んで！」

メイドが何人も走り寄ってくる。みんな、様子がおかしいと思い、近くに待機していたのだろう。エミリは大の字になって、大声で泣き喚いていた。

「こいつが、この日本人が私を刺したのよ！　警察を呼んでちょうだいっ！」

駆け寄ってきたメイドたちにエミリは足をじたばたさせて喚いている。だが、「いいえ！」と、制止する大きな声がした。

「あたし、そばで見ました。お嬢様はご自分でナイフを持って、陸様を脅していたんです。あたしが危ないって叫んだら、ご自分で刺されました。陸様は関係ありません！」

誰かが呼んだ救急車のサイレンが、遠くのほうから聞こえた。さらにエミリの絶叫が響く。

「こいつが私を刺した！　刺したんだぁっ！　このくそ野郎！　お前を絶対に許さない、許さないからなぁぁぁぁっ！」

聞くにたえない叫び声は屋敷内に響き、メイドも陸も言葉なく見守ることしかできない。

エミリは狂っている。誰もが言葉には出さなかったが、同じことを感じていた。

8

ウィトキン家の大きなサンルームでは、アフタヌーンティーの用意がされていた。

香り高い紅茶と、ケーキスタンドに盛られた、胡瓜(きゅうり)のサンドイッチ。手作りジャムやチーズ、それに茶葉が交ぜ込まれた熱々のスコーン。たっぷりのクロテッドクリームも添えられている。そしてブラウニーや苺(いちご)のパイなどのスイーツなども用意されていた。どれも華やかで食欲をそそる。

主人であるトマスの帰還を祝ったシェフの、お祝いのアフタヌーンティーフードだ。

だが彼は、どれにも手をつけようとしない。

退院して帰宅した彼はエミリの騒ぎを聞かされ、病院へ行ってきたばかりなのだ。

陸は病状に差し障るといけないと思い、トマスが入院中、エミリの話を控えていた。そしてエリージャの手を借りて、エミリの入院手続きをしていたのだ。

異国の病院への手続きだったが、エリージャが滞りなく取り計らってくれた。入院の保証人の名は、彼の父であるゴート子爵がサインしてくれた。この経緯を聞いて、トマスが落ち込んだのも仕方がないだろう。自分が不甲斐ないばかりに、本来ならば関わりのない陸やエリージャばかりか、名士であるゴート子爵の手まで煩わせてしまったからだ。

救急で病院に運ばれた彼女は安定剤を投与されていた。

診察の結果、錯乱は認められるが異常はないという。精神病棟への緊急措置入院は免れたが、療養が必要だろうとの診断をされてしまったのだ。

トマスは退院したその足で、すぐさまエミリが入院している病院へ走った。陸と、そしてエリージャも付き添いでついていく。

彼女はベッドに拘束された格好で、投薬され寝ていた。その姿にトマスは衝撃を受けたが、医師は拘束するのは特殊な例ではないと言った。

「投薬から目覚めて、混乱する患者は少なくありません。脳外科の患者に多いのですが、自分がどこにいるか、なぜベッドに寝ているか把握できないのです。それで絶対安静なのに、動き回ろうとする。そんな患者も拘束します。めずらしいことではないのです」

そこまで説明されトマスはホッとしたようだ。だが、愛娘の状況がショックだった彼は、帰りの車中でも口数は少なかった。

彼自身もケガが回復して落ち着き、ようやく帰宅すれば一人娘がこのありさまである。まだ祥子を失った傷が癒えていないのに、次から次へと問題が起こる。

「陸、すまなかった。エリージャも、本当に申し訳ないことをした」

事の顛末を聞いたトマスは平身低頭で、陸とエリージャに謝罪をした。その様子は、気の毒すぎるぐらいだ。彼もまだ、ケガが治ったばかりなのだから。

「エミリは空気のいいところで、しばらく療養したほうがいいだろうね」

エリージャはそう言うと、陸は同意して必死で頷く。

療養すれば、きっとよくなる。苛々したとしても、あんな乱暴な言葉で怒鳴ったりしないエミリに戻るだろう。そうでなければ父親である彼が気の毒すぎる。

「今日は、お父さんが無事に退院できたお祝いだよ。エミリのことは、おいおい考えよう」

陸が努めて明るく言っても、トマスは力なく笑うばかりだ。祥子のことやエミリのことで、一気に老けてしまった感がある。

「あ、ちびちゃん元気かな」

強引な話題転換をする陸だったが、エリージャは静かに微笑んだ。

「骨にヒビが入る、亀裂骨折というものだった。発見が早かったので、もう家の中を走り回っているよ。ギプスはつけているけどね」

「よかった。また遊びに来て。そうしたら、お父さんも会えるよ！」

明るく話しかける陸に、トマスはまったく乗ろうとしない。彼は重い溜息をつくと、両手で顔を覆ってしまう有様だ。

「その仔犬にケガをさせたのも、エミリだろう。本当に申し訳ないよ。ボルゾイの仔犬に会いたいのは山々だけど、今はとてもそんな気分じゃ」

「エミリは専門の治療を受けて、回復に向かう。逆を言えば、素人が治療することが愛情だという問題じゃない。家族がやれる範囲を、確実に超えている」

　気落ちしているトマスに、エリージャが優しい声で囁く。

「ちなみに仔犬は、今が最高に可愛い幼児期。むくむくの仔犬に、会わないのか」

「う……っ」

「すごく可愛いよね。お母さん犬のリリアはエレガントな美形なのに、仔犬ちゃんはコロコロしていて、ぬいぐるみみたい！　抱きしめたくなっちゃった」

　陸が畳みかけるように言うと、トマスは本気で眉間に皺を寄せていたが顔を上げる。

「そうだな。悩んでも前には進めないな」

　ようやく生気を取り戻したようだ。もう開き直りなのだろうが、暗くなっているより、ずっといい。陸とエリージャは顔を見合わせて笑った。

「さ、せっかくのごちそうだ。いただこうか」

　トマスがそう言うと、カップを手に取った。もう温くなってしまった紅茶だったが、それでも香り高くおいしい。三人は温いお茶に文句も言わず、ゆっくりと飲んだ。

「それはそうと、陸の帰国はいつになったんだ」

　エリージャの問いに、いきなり現実に引き戻された陸は、困ったように俯いた。

そうだ。もうじき、自分は日本に戻らなくてはならない。

「うん。取りあえず予定通り、来週には戻ります」

来週と言葉を濁したが、正確な帰国は二日後。ちゃんと日程を言えなかったのは、彼が見送りに来てくれると言ったら悲しいからだった。

日本に戻ったらいろいろな手続きのために、奔走しなくてはならないのは承知している。学校にも行かなくてはならない。それから住んでいたアパートを片づけて、母の遺品も整理しなくてはならない。それからやっと英国に移住する支度だ。

こんなに長く彼と離れるのは淋しい。――すごく淋しい。

切ない気持ちが去来する陸とは対照的に、エリージャは何の感情も見せない顔で紅茶を飲んでいる。自分と離れることについて、彼は何とも思っていないのかもしれない。

確かに陸は3月ぐらいには一度英国に戻るつもりだ。でも。でも、それでも。

淋しいと言ってもらいたいのは、ただのワガママなのか。

悲しいと思う陸の耳に、はっきりとしたトマスの声が聞こえてくる。

「いろいろとありすぎて、疲れたね。申し訳ないが、今日の夕食はパスさせてもらっていいかな。ここにある茶菓子で、お腹もふくれたし」

「大丈夫？　あんまり食べていないよ。体重だって、三キロも減ったでしょう」

たいして手をつけていない皿を見て、陸の眉根が寄る。

「心配しすぎだ。入院のおかげで、いいダイエットになったよ」

　朗らかな声で言うが、彼はエミリのことが気になって仕方がないのだ。祥子のことがあってから日も経たないうちに、今度は愛娘。エミリに対して文句ばかり言っていても、実の親なのだから心配なのは当然だった。

　もう自分には、そんなふうに気を揉んでくれる存在がいないのだなと陸は思った。特に気にしたことはないが、でも、こんな時は淋しくなる。

　先ほど帰国のことを告げても、エリージャが受け流していたのと同じ、言いようのない虚無感が身体の中を満たしていく。

　さみしい。

　自分が誰にも必要とされていない気持ちが募ってきて、淋しい。

　理屈じゃない。いきなりストンと心の隙に落ちてくる寂寥たる思い。

　結局、自分はエミリと一緒なのか。パパと泣き叫んでいた小さな子供と同じで、親の庇護が欲しくて仕方がない赤ん坊――――。

「トマス、あなたはまだ疲れが抜けていない。もう少し休むべきだ」

　エリージャの声に、いつの間にか自分の考えに耽っていた陸は我に戻る。

「お父さんの退院のお祝いは、明日にしよう。ぼくね、シチューを作ったの。明日、ぜひ食べてほしいな。シェフに教わった本格派なんだよ」

言い募る陸にトマスは優しく微笑み、「すまないね」と言った。ケガ人に気を遣わせてしまい、陸がしょんぼりしてしまう。

彼が退室すると、エリージャに「陸」と呼ばれる。

「えっ、は、はい」

「トマスも休まれたし、少し出かけないか」

「出かけるって、どこに」

「秘密だ」

それだけ言うと彼は席を立ち、扉に向かった。慌てて後を追いかける。エリージャはメイドたちに軽く挨拶をすると、真っすぐに玄関を目指した。足が早い。

「エリージャ、待って」

彼は駐車場に停めてあったミニクーパーの扉を開くと、乗るようにと促してくる。陸が乗り込むとドアを閉め、自身も運転手席に座った。

そのまま何も言わずに車を発進させ、ウィトキン家の敷地を出た。車はまったく迷うことなく住宅街を抜けて道を進み、郊外へと走っていく。

どこへ行くのだろうと思ったが、エリージャはまったく口を利いてくれない。狭い車内での沈黙は、どんどん陸の気持ちが落ち込んでくる。

無言の中にいると、不安になっていく。先ほども胸を過った、切ない想いだ。

エリージャは自分がいなくなっても、いいのだろうか。

陸が間もなく帰国すると知っても、特に何も言ってくれない。いや違う。以前はもっと違う反応だった。

『私と一緒にいたいから、だろう。違うのかな』

そう言いながら、きつく抱きしめてくれたエリージャ。

『嬉しい。本当に嬉しい』

甘い眼差しで、自分を見つめてくれたのに。

もっともっと以前。子供の頃に戯れで踊っていたあの時。桜の樹の下で、はしゃいで踊っていた自分が、不意に脳裏を過る。あの頃と今では、二人とも違うのに、それなのに当時を思い出す自分の滑稽さが悲しくなる。

『わぁ、すごい！　もっと、ねぇ、もっと、くるくるして。くるくるって！』

『仰せのままに。お姫様』

昔々の、子供の頃にはしゃいでいた幼い日。

いろいろなことがありすぎて、何だか混乱している。どうして、こんなことを考えているのだろう。ぐるぐる頭の中で悪いことが回っている時、静かに車が停車する。

気づくと、大きな公園の入り口だった。

「ここは？」

「ぜひ陸に見てもらいたいものがあるんだ」

エリージャはそう言うと、車を駐車場に停車させた。

「行こう」

彼は車を降りると、助手席側のドアを開いてくれる。陸は言われるまま車を降りた。

時刻はもう夕方。そろそろ閉園の時間だろう。通り過ぎる人の数は少なく、皆がゆったりと歩いている。広い庭園は木々に囲まれ、遠くに大きな噴水が見えた。

「十三年前、私と陸が初めて出会った時、桜が美しく咲いていたことを覚えている？」

どきっとした。自分が考えていたことを、見透かされたみたいな疚しさ。

公園の遊歩道を歩きながら、またしても不安になる。エリージャは、何を考えているのだろう。抱きしめてもらえば、この憂いは消えそうな気がするけれど。

でも、どうしたら抱いてと切り出せるのか。陸が俯いたその時。

「陸、あれだ。見てごらん」

顔を上げた陸の瞳に映ったのは、満開の桜の樹だった。

桜の並木道が公園内に造られていて、千本桜の下を散策できるのだ。この寒空のロンドンで、ありえない光景だった。

「桜……、どうして桜が真冬に、しかも英国で咲いているんですか」

「あれは年に二度、花を咲かせる四季桜だ。美しいだろう」

「年に二回も咲く桜なんて、初めて知りました」

「十月桜や子福桜。年に二回、開花する桜は少なくない。通年、四月と十月に開花するんだ。今年はいつもより遅く花開いた」

話を聞いている間にも、目の前に映る風景は少しずつ変化をしている。夕闇が深くなっているからだ。大々的なライトアップはないが、それでも公園の中に設置された灯りが、宵闇を幻想的に彩っている。

「この風景を、あなたに見せたかった」

夕闇に紛れることなく咲く花々。夢の中のような、幻影にも似た風景。

ありえない美しさが、陸の目の前に繰り広げられていた。

「きれい……」

「本当に目を奪われる」

そう言うと彼は陸の肩を抱いた。こんな公共の場で接触されると、鼓動が激しくなる。

「私に甘えてくれ」

彼はそう言うと陸の身体を正面から抱きしめた。こんなふうに大胆に抱きしめられると、後ろめたい気持ちが湧くのは、人前での抱擁やくちづけが慣れていないせいだ。

「あ、甘えています。母が亡くなった時だって、すごく助けてもらいました。エミリの時だって、エリージャがいなかったら病院だって決められなかった。それに」

「困っている時に手を貸すのは当然だろう。そんなことではない。恋人として甘えてくれと言っているんだ。気に入らないことがあるなら、拗ねても怒ってもいい。顔を真っ赤にして、怒鳴り散らしてもいいだろう」

「拗ねるなんて、そんな」

「いつも聞き分けのいい顔をする、あなたが心配だ。エミリが私と結婚すると言った時、あなたは怒って然るべきだった」

「エミリは彼女なりに真剣だったんです」

陸の呟きを聞いて、エリージャはかぶりを振る。

「いいや。彼女の王子は私でなくてもいい。たまたま私が貴族の生まれで、白人で金髪だから、彼女の王子様像に嵌まった。それだけだよ」

辛辣すぎる言葉は、聞いているのがつらい。

彼は厳しい顔をしていたが、陸の手にくちづけた。

「私の言うことが、残酷だとわかっている。でも、心を偽ることはできない。陸、私が選んだ人は、あなただ。どうか私と一緒にいてくれ。あなたを手放したくない」

「……うん」

頷くしかできない。エミリが可哀想だと言いながら、彼に求められることに喜びを感じている、貪欲な自分がいた。

でも、どうしてもエリージャは譲れない。こんなに醜い自分がいるなんて、思ってもみなかった。他のことなら譲れる。だけど。

「エミリの話は、もうやめよう。送るよ」

その申し出に頷くと、額にキスをされる。くすぐったいけど、とても嬉しい。陸が心配していた人目は公園の中は人通りが少なかったし、誰も詮索する様子がなかった。

何となく自由になったような、人を愛することに罪悪感を覚えなくていいような、そんな気持ちになれたのが嬉しかった。

駐車場に戻り車に乗り込むと、ウィトキン家を目指した。

屋敷に戻ったら部屋に招待して、ちゃんと帰る日程を言おう。はっきり告げるのが怖いなんて変だ。彼を疑わないで、もっと心を開こう。

愛しているのだから。

何も怖がることはない。彼のことを信じていればいいんだ。だって、十三年も前から、愛してくれている人なのだから。彼を信じないで、何を信じろというのだ。

車は滑るように走り、時間もかからずウィトキン家へと到着する。エリージャは敷地の中に入ると屋敷の前で車を停めた。そして陸を降ろそうとする前に、軽くキスをしてくる。あまりに素早かったので、怒ることもできない。

「もう、エリージャは」

「ただの挨拶だ。先に中へ入ってくれ。車を駐車させたら、すぐに戻るから」

「はい」

アプローチに降りた陸は車が屋敷の裏に消えていくのを見送ると、そのまま屋敷の中に入ろうとした。だが。

「え……?」

すぅっと熱が起こり、身体が揺らぐ。わけがわからないまま、その場に膝をついてしまった。

いったい何が起こったのだろう。

次の瞬間、痛みが腕に走る。右腕を見ると、服が裂けて血が流れていた。

切られたのだ。でもなぜ自分が。

「ざんねーん。外しちゃったぁ」

緊張した陸とは、まったく裏腹な無邪気な声。

その声の方向に視線を動かすと、声の主がこちらを見ながら笑っているのだ。

エミリ。

彼女は寝間着のようなワンピース姿で、そして足元は裸足だ。この冬空に、正気とは思えない恰好だった。

そして手には、大きな園芸用の鋏(はさみ)が握られていた。

「パパのナイフのほうが切れ味はいいのよ。でも、あんたには汚い傷がお似合いだと思って、温室の中から見つけたの。ほらっ、ほらっ。赤錆が浮いていて、雑菌がいっぱいいそうでしょ？　治らない傷にしてあげるわね」

はしゃいでいる声が恐ろしい。彼女はやはり、正気ではない。

腕を切られただけなのに、陸の動悸が異常に早まってくる。本当に錆びた刃物から、毒が回ったみたいだった。座り込んだまま逃げることもできない。

いや。今、自分が逃げてしまったら、その後は。

エリージャ。

彼が車を駐車したら、こちらに戻ってくる。エミリと遭遇してしまう。

だめ。それは、それだけはダメだ。

彼女から鋏を奪わなくてはならない。彼女からエリージャを守らなくてはならない。

それは自分にしかできない。彼を守れるのは、自分だけなのだ。

「……エミリ。寒かったでしょう。家の中に入ろう。お父さんも帰ってきているよ。皆で温かいお茶でも飲もう」

必死の思いで声をかけてみる。だが。

「いい子ぶりやがって！」

いきなり怒鳴られて、ビクッと震えた。苛立ったように、エミリが大声を上げ続ける。

「私の大切なエリージャに、汚れた手で触るなっ！」

その一言を聞いた瞬間、身動きが取れなくなった。

「お前が唆して、あの人を堕落させたんだ。この悪魔！　エリージャは、私の大切な王子様なのよ。その王子様を汚しやがって！」

罵声を浴びて、陸の身体が震える。何か言わなくちゃ。自分とエリージャは何もないって言わなくちゃ。

焦れば焦るほど気持ちは乱れ、否定しようとすればするほど、嫌な汗が滲む。

自分はどうでもいい。でも、彼が同性愛者なんて思われたくない。

エリージャは子爵家の跡取りで、自分とは違う。由緒ある家柄の人だから、妙な醜聞なんかで騒ぎたてられたくない。

「この淫売！　薄汚い男娼野郎っ！　あんたなんか母親と一緒に死ねばよかったのよ！」

エミリの目は吊り上がり顔はどす黒く、口角から泡が吹き出す。そんな形相で罵られた。

陸は追い詰められ、力なく座り込んでしまう。

「汚い手で王子様に触るな！　汚い犬！　犬！　パパに媚（こび）を売りやがって！」

ふいに訪れた痛みに身体を丸めたあと、何かに叩かれていることに気づく。

ベルトだ。彼女は、どこからか持ち出したベルトで、陸を叩きつけていたのだ。

言い返すこともできない。ただ頭を抱え込んだ。意識が遠のきそうになる。だが。

ピタッと打ちつける手が止まったことに陸が顔を上げると、エミリが硬直している姿が目に入る。そして、その背後に立つのは。

「エリージャ……！」

　誰よりも愛おしい人が今まで見たこともない厳しい顔で、エミリの手を掴んでいたのだ。

「何をするの！　ひどいわ！」

「ひどいのはどちらだ。なぜ陸を傷つける。彼が何をしたというんだ」

　鋭く言うと、エリージャはエミリの腕を捻り上げた。とたんに鋭い声が上がる。

「痛い！」

「彼は義理とはいえ、きみの弟だ。なぜ、その弟にひどい真似をする」

　低い声に恫喝されたが、エミリは半狂乱になって叫ぶ。

「こんな醜いヤツが弟なものか！　嫌だ、いやいやいやいやいや！」

　子供のように地団太を踏み、とうとう大の字になって泣きだした。その様子を見て、エリージャは溜息交じりだ。

「陸、今まで彼女がしてきたことを、許せるのか。祥子が亡くなった時に何を言われたのか、あなたは忘れられないだろう」

『パパは無事だったのよ。不幸中の幸いよね』

　今でも胸の奥にこびりついている、無慈悲な一言。最愛の人を失った陸へ向けた無情な言葉。

許せるわけがない。今でも忌まわしい。でも。

彼女は子供だ。そして、子供はありえないぐらい愚かで、そして残酷だ。

「ぼくはエミリが嫌いです。わけもなく意地悪をしてくるし、突っかかってくるから、好きになれません。何より、仔犬にケガをさせたことは許せない。でも、こんな状態で泣き崩れているのを放っておけない。だって女の子だし、トマスの娘だから」

頑固に言い募っていたが、クラッと眩暈が起きてしまう。だが、すかさずエリージャが抱き留めてくれた。その腕にしがみつくと、彼は困ったような顔をして溜息をつく。

「傷つけられたというのに、どこまで優しいんだ」

必死で許そうとする陸を、エリージャは驚きの表情を浮かべて見つめ、それから泣き喚いている彼女を見下ろしながら呟いた。

「きみは、哀れな女だな」

冷酷な表情だったが、その眼差しは憐憫を浮かべている。

「パパぁ、パパぁっ！　嫌なヤツが家にいるよぉおっ！　追い出して！　どっかにやってぇ！　パパ、どこにいるの。パパあっ！」

その声が聞こえたわけでもないだろうが扉が開き、トマスが飛び出してきた。そして、目の前の惨状を見て言葉を失っている。

傷ついている陸の姿。地面に大の字になっている愛娘。険しい顔で陸を庇うように立ち尽くすエリージャ。地面に落ちている凶器だろう血濡れた鋏。

どれもが凄まじさを極めている。

「エミリ、陸、それにエリージャ……っ。いったい、何が起こったんだ」

「トマス、エミリは心の病気だ。もう、しつけが悪かったとか親の責任とかいう問題ではない。彼女は早急に専門医の治療が必要だ。それに陸も手当てをしなければ」

説明をする彼の声を掻き消すように、エミリの叫ぶ声が被さった。

「エリージャ、あなたは私を愛しているって言ったわ。言った、言った、言った！」

彼はエミリの叫びが聞こえないように、陸の身体を強く抱きしめた。少しでも愚かな声から守るような恰好だった。

大きな子供が泣き喚く声に、救急車のサイレンが被さる。この騒ぎを聞きつけた屋敷の者たちが、また連絡したのだろう。

陸はエリージャの胸に顔を埋めて、ほんの少し涙を流した。

9

陸のケガは軽傷で、入院には至らず治療だけで帰宅することができた。

だが刃物で切られ、ベルトで叩かれたダメージは小さくなかった。帰宅した夜更けに熱を出して寝込んでしまったのだ。

メイドたちは入れ代わり立ち代わり、氷嚢（ひょうのう）やら毛布を持ち込み、薬や口当たりのいい果物を用意してくれる。

トマスはそんな陸を心配しながらも、エミリの搬送についていった。

驚いたことにエリージャが彼のために用意された客室ではなく、陸の部屋に泊まり込むと言う。これには嬉しいというより、困惑してしまった。

「もう大丈夫。平気だから部屋に戻ってください」

「いいや。夜中に急変したら大変だ。陸はもちろん、寝ていなさい」

「寝られるわけがないでしょう。エリージャは、自分の立場を考えてください。ぼく、貴族の方に見守られて寝られるほど、神経は太くないです」

そう意地を張っていた陸だったが、鎮痛剤を投与されたせいでベッドに入ると、あっさり眠りに落ちてしまった。

いろいろありすぎて、ずっと睡眠不足だったせいもあり、眠りは深い。だけどそれは安らかな白川夜船とは言いがたく、悪夢と痛みに苦しんだ最悪な睡眠だ。

それでも。

それでも熱にうなされて目が覚めると、エリージャが隣にいてくれた。

「汗をかいたね。着替えようか」

そう言って洗いたてのパジャマに着替えさせてくれ、水を飲ませてくれた。

額の汗を拭いて、毛布をかけてくれる。正直、こんなことを母にもされたことがない。

幼い頃に熱を出すと、ペットボトルを何本も枕元に置かれたことは覚えている。こんなふうに、つきっきりでいてくれることなんて、一度もない。でも気にしてくれていたのは、子供心にもわかっていた。

「昔ね、ぼくが熱を出すと、お母さんがね」

唐突にしゃべりだした陸を訝しむこともなく、エリージャは「祥子さんがどうしました」と訊いてくれた。それが嬉しくて、調子に乗って話をした。

「どうして子供って熱を出すの？　狙ってやっているとしか思えないわ。明日も忙しいのに、ああ信じられない！　って怒りながら、林檎擂りおろしてくれたんだよ」

「なるほど。ユニークな人だ」

　高熱のせいで、ふわふわしている。たどたどしく話す陸の髪を撫でながら、エリージャは辛抱強く話に付き合ってくれた。

「うん。いつも怒っているか、仕事しているかだったよ。……お母さんに、会いたいなぁ。今、何をしているのかなぁ」

　熱に浮かされ、現実と夢の世界が混濁している。思いついたことを、淋しそうに呟いた。それに対して、エリージャは悲し気に目を細めるばかりだった。

「これからトマスだって、ずっと力になってくれる。彼は信用できる男だ」

「うん。でも、お父さんはエミリのお父さんだから。エミリが何より大事なんだ。仕方がないの。だって本当の親子だから」

　彼女が救急車で搬送された時、トマスは何度も陸に頭を下げた。申し訳ないと繰り返し、赦してくれと涙を流した。でも、やっぱり彼はエミリのところへ行く。

　当然だ。親子なのだから。何を置いても娘の元へ駆けつけるのが、親というものなのだ。

「あなたには私がいる。私は何があっても、そばを離れない。あなたは一人じゃない」

　優しく髪を撫でてくれる彼の手が、とても嬉しい。

「うれしい……」

　そう呟いて、エリージャの指先を握りしめた。すぐに意識が遠のき、眠りに落ちてしまう。

次に見た夢は、とてもハッピーなものだった。

ウィトキン家の中庭で、みんなでテーブルを囲んでいる。

おいしいお茶を飲み、皆が仲良く笑い合っていた。トマスもエミリも、驚いたことに祥子まで いて、皆が楽しそうに笑っている。

ああ、これは夢なんだな。意識の奥深くで陸は理解しながら、甘い夢を貪った。

夢幻の中では広い庭をリリアと仔犬が走り回り、その後を陸が追いかけ、エリージャがにこやかな表情で見守っていてくれる。

きらきら光る木洩れ日。爽やかな風。優しい花の香り。にこやかで穏やかな笑い声。

幸福だった。

現実ではありえない世界。幻影でしかないけれど、震えるほどの喜びに満ちた時間。

陸はその夢が現実世界では、ありえないと心のどこかで理解していた。けれど、楽しくて笑った。その寝顔は微笑んでいたが、目尻からは涙が零れる。

その涙をエリージャがそっと拭ってくれたことを、陸本人は知ることはなかった。

□□□

「じゃあ、お世話になりました。なるべく早く、帰ってくるね」

陸は大きなトランクを足元に置いて、メイドたちとトマスに別れの挨拶をしていた。

滞在した日数は少なかったし戻ることは決まっていたが、ウィトキン家を離れる淋しさに変わりはない。ほんの数週間の滞在だったが、いろいろなことが、ありすぎた。

メイドたちは、ちょっとだけ目を潤ませながら玄関先まで見送りに出てくれている。

そこにエリージャの姿はない。陸は結局、帰国の日程を詳しく教えていなかったのだ。別れを告げるのが苦手なせいだったからである。

ちょっとぼんやりした陸に、メイドのニコルが話しかけてくる。

「陸様、あの、みんなで作りました。機内で召しあがってください」

目元を赤くしているニコルが差し出してくれたのは、小さなバスケットに入った、焼き菓子やらサンドイッチやらキャンディだ。

「わぁ、すごい！　嬉しい。大事にいただくね」

「陸様、本当に英国にお戻りくださいますね。これがお別れじゃありませんよね！」

思い詰めた様子で問われ、笑ってしまった。

「もちろん。だって母もこっちに埋葬されているし、お父さん心配だし、必ず帰ってくるよ。ありがとう、心配してくれて」

「よ、よかった。英国を嫌いになられたかと心配していました……っ！」

「嫌いになるわけがない。ぼくにとって英国は、第二の母国と同じだよ」

目元だけでなく鼻も真っ赤にしているニコルを、ぎゅっと抱きしめた。心配そうに見ている他のメイドたちも、ホッとした顔をしている。

空港まで見送ろうというトマスに「一人で空港まで行きたい」と説得しての別れだ。彼は本当に沈んだ顔で、玄関に立っていた。

「陸、本当に一人で大丈夫かい」

「はい。一人といってもタクシーを使わせてもらえるし、楽ちんです。お世話になりました」

「まだケガだって全快していないし、飛行機なんか乗ったら具合が悪くなるんじゃ」

「お医者さんだって軽症だって言ったし、フライトに問題ないって診断してくれたの、お父さんだって知っているでしょう。大丈夫、これ以上心配したら病気になっちゃうよ」

「しかし、――――本当に帰ってきてくれるのかい」

ニコルと同じことを訊くトマスに、とうとう陸が笑いだしてしまった。

「みんな、心配しすぎ！　ぼくは帰ってきます。大丈夫、約束するね」

陸がそういってトマスに抱きつくと、優しく抱き返してもらった。

「エミリは入院しちゃったし、お父さんが大変な時にごめんなさい」

「いいや。エリージャは親に責任はないと言ってくれたが、やはりあの子のことは親の私が面倒を見る。陸は身体に気をつけて過ごしなさい。一日も早い帰国を待っているよ」

帰国と言われて、何だかくすぐったい。トマスにとって陸は、英国人と同じ扱いになっているのだ。陸が話しかけようとした、その時。

「まぁ、エリージャ様！」

メイドの声に振り向くと、そこにはグレイのコートを着たエリージャが、少し不機嫌そうな表情で扉を開き、中に入ってくるところだった。

「エ、エリージャ。どうしたの」

陸が驚いた声を出した。今日、帰国することは言っていないのだ。彼は陸をじろりと睨みつけると、不機嫌そうな声を出す。

「私に黙って帰国しようとするあなたを怒りに来た。トマスが知らせてくれなかったら、うっかり来週の帰国だと思うところだった」

その言葉に義父を見ると、彼は惚けた顔をしている。

「陸はシャイで、少し臆病だからね。きみと離ればなれになるのが、つらいから黙って日本へ行こうとしたんだ。怒ってやるなよ。別れはつらいものだ」

トマスに言われては、もう逆らえなかったらしい。エリージャは不承不承といった顔つきで「はい」と頷いた。

「でも、きみが来てくれて助かった。この子は自分一人で空港まで行くと言って聞かないんだ。送っていってくれないか」

一人で空港に行くという一言を聞いて、またしても怒りがこみ上げてきたらしい。怖いオーラが感じられて、陸は顔を上げることができなかった。

「では、陸。何かあれば、すぐに連絡しておくれ。弁護士には、ちゃんと電話しておくから心配はいらないよ。それと、お金が足りなくなったら必ず言うこと。わかったね」

「はい。ありがとう、お父さん。大丈夫、心配しないでね」

トマスは陸を抱きしめると、両頬にキスをした。家族のキスだ。

それからメイドたちに挨拶をして、陸はエリージャの車へ乗ってウィトキン家を後にした。

日本での雑事が終われば、すぐに戻ってくる予定だけど。

彼らと離れるのは、なぜだかつらい。

思わず浮かんだ涙を隠したくて、ソッポを向く格好で車窓を眺めるフリをした。

「飛行機の時間は何時だ」

エリージャに不意に尋ねてられて、涙声にならないよう注意しながら「十六時です」とだけ答えた。すると彼は進路をいきなり変更してしまった。空港とは逆方向だと、土地勘のない陸にもわかる。

「え？　ど、どこ行くの？」

「まだ時間があるから、寄りたいところがある」

にべもない返事のあと、彼は一言も口を利いてくれなかった。

知らない道を車で連れていかれるのは、少し怖い。いや、それよりも、先ほどから続く沈黙が恐ろしい。

だが車がモーターウェイ(高速道路)から降りて一般道路を走り、そのうちに見たことがある風景が目に入ってきたので気持ちがざわめいた。ここは。

「エリージャ、ここって」

「とりあえず、祥子に会いたい」

到着したのは、先日も母の葬儀で訪れた教会だ。

彼は車を駐車場に停めると、さっさと降りて助手席側のドアを開き陸を促した。

いったい、彼は何を考えているのだろう。そう思ったが、口を挟める雰囲気ではない。

ほどなくして到着した祥子の墓石の前で、陸はようやく溜息をついた。

「あの、母に会いたいっていうのは、どういうこと?」

恐る恐る話しかけると、彼は真っすぐに陸を見つめた。

「祥子に聞いてもらいたいことがある。以前も言ったことですが――」

何だろうと彼の顔を見上げた瞬間。

「愛している。私のお姫様」

そう言って、唇にくちづけられる。

「ん、んん……っ」

こんなところで。誰が通るかわからないのに。

すぐに唇がこじ開けられるように割られ、熱い舌先が口腔に忍び込んでくる。

そのとたん、甘い刺激に腰から力が抜けて、座り込みそうになった。けれど、その身体を支えてくれたのは、悪戯(いたずら)をする張本人だ。

「あなただけが、私の伴侶(はんりょ)だ」

耳元で囁かれると、その熱さに身体が震える。こんな場所で、何てことだろう。

だがエリージャは辺りをぐるりと見回し、朗らかに言った。

「ここは、私たちの年代史(クロニクル)にふさわしいと思わないか」

「クロニクル？」

「一つ一つ、私たちの年代史を刻んでいく。いや、刻むというより、私たちのすべてを、祥子に見ていてもらうといったほうが正しいかな」

彼の言葉に、陸は素っ気なく「ふぅん」と答える。でも内心は、ドキドキしていた。

自分とエリージャの年代史。それが二人の胸に記される。すごい。何てすごい。

「愛している。陸、どうか私の命が尽きるまで、そばにいてください」

甘い言葉に蕩けそうになっていたが、その一言を聞いたとたん我に返る。

「そ、そんなのダメ！」

「駄目？　どういうことだ。私の求婚を受けてくれると、言っていたのに」

「そうじゃなくて、エリージャが先に死ぬのを見守るなんて絶対いや！　エリージャは、いつも元気で病気にならなくて、それに事故にも遭わないし災害も無縁で、それに」

そこまで言うと、とうとう大笑いされてしまった。陸は真剣だったが、よほど変なことを言ったのか、しばらく声を立てて笑われる。

「どうして笑うの。ぼくは真剣なのに」

「真剣……、何て可愛いんだ。あなたは、どこまで私の心を虜にするつもりなのか」

そう言うと陸の手を取り、その指にくちづけた。

「十三年前の、あの夜。桜の樹の下で出会ったあの時から、私はあなたに夢中だ。離れるのが淋しいと素直に言えない意地っ張りめ」

見透かされていた。

陸の心の空虚さを、彼はあっけなく見抜いていたのだ。

エリージャは陸の両肩を背後から抱えると、母の墓石を見つめた。

「祥子。今日は報告があって来ました。あなたの大切な息子である陸を、私にください」

「エリージャ……」

「あなたには感謝しています。あなたのおかげで、私は運命の花嫁と出会うことができました。十三年も前から、私の心は彼に囚われています。何年経っていても可愛くて優しくて臆病な小鳥のような陸を、愛しているのです。どうか、私に彼を任せてください」

真摯に墓石に話しかけている彼を見ているうちに、視界が揺らいでくる。

あれ？　と思った瞬間、涙が両頬を伝っていることに気づく。

「陸、どうして泣いているんだ」

エリージャに囁かれて、恥ずかしくなる。どうして涙が出るのか、自分でもわからない。でも、止まらない。慌てて手の甲で滴を拭った。

「お母さんに結婚したいなんて言ったって、答えるわけがないよ」

「いや。私には聞こえた。この子は弱い子だから、どうか支えてあげてねって」

――――嘘だ。

そんなの、絶対に嘘だ。

エリージャは適当なことを言っている。つまらない冗談を言っているんだ。

「う、う、嘘。ウソ、だ。ウソばっかり」

泣いているせいで、うまく言葉にならない。何度も袖口で涙を拭っても、後から後から新たな涙が溢れてくる。

エリージャはポケットから、きれいにプレスされたハンカチを取り出し、陸の目元や頬を拭ってくれる。そして。

「陸は素直になれないけれど、でも好きだもんって言う子なの」

「え？」

「私はあの子の、そういうところに救われたのよと、祥子は言っている。陸は私の大切な宝物。

どうか愛してあげてねと笑っているよ」

その一言を聞いた瞬間。涙も嗚咽もピタリと止まる。

今、彼は、何を、言った。

いま、なにを、いった?

(怖いけど、でも好きだもん、ねぇ。あなたの、そういうところに救われるわ)

母の最期の言葉。祥子と陸しか知らない、二人だけの会話。この話を知っているのは。

「エリージャ……、エリージャ……っ」

涙が溢れ続けている。もう何も聞こえない。何も考えられない。

気づけば母の墓石に縋って、大きな声を上げて泣いていた。

その陸の背中を、エリージャは優しく叩いてくれる。その手は赤ちゃんをあやす、母親のように優しい。

「エリージャ、好き……」

「ああ」

「エリージャ、大好き……っ」

「私もだ。愛しているよ。私の陸。世界で一番愛おしい、私だけのお姫様」

いつしか二人は抱きしめ合い、深いくちづけを交わしていた。

いつ誰が通るか、わからない場所。いや、先日亡くなったばかりの母の墓碑の前だ。

きっと、恥知らずな行いだろう。軽蔑されるかもしれない。エリージャのような名士の嫡子がする行いではない。でも。それでも。

彼が好き。

この世界の何よりも、エリージャを愛している。人を愛するというのは、恥じることではない。蔑まされることでもない。

陸には、もう迷いがない。ただ、愛する男の胸に抱かれ幸福に酔う。

誰にも邪魔はさせない。だって、初恋が実った。

幼い恋心は今、美しい形で成就を遂げたのだから。

□□□

「大変、もうこんな時間だ」

抱きしめられてキスをして、とろんとしていた陸はハッとなる。こんな時間？

「十六時のフライトだろう。急がないと、間に合わない」

その一言で惚けていた頭が、正気に戻る。

「わぁぁっ、た、大変！」

「行こう」

優しく抱きしめてくれていた恋人は、有能なマネージャーのように陸を急かしたてる。はいと従いつつ、祥子が眠る墓石を振り返った。

「またね」と小さく手を振る。すると。

『はいはい、急ぎなさい。気をつけてね。どうせ、すぐに戻ってくるでしょう』

聞きなれたアルトの声が、いつもの調子で答えたような気がして胸が痛む。

肉体は滅ぶ。だけど気持ちは死なない。いつまでも残る。それが愛情だ。

「何をしているんだ。飛行機に乗り遅れるぞ」

キリっとした声に怒られて、「ハーイ」と子供のように答え、速足になる。

母との別れは名残惜しい(なごりお)が、すぐにまたこの土地に戻ってくる。郷愁を覚える暇もない。

エリージャは車に乗ってエンジンをかけると、静かな霊園を振り返る。

「手始めに、まずニューイヤーには必ず電話をしてくること。それと引っ越しの際には、私が日本に行って手伝うから。いいね」

車をバックさせながら、彼は当然のように言ってのける。それに対して陸はまた興味なさそうに生返事をしながら、胸をときめかしていた。

二人の年代史(クロニクル)は、始まったばかりだからだ。

end

蜜愛クロニクル

「うーん。ひと休みしよっかな」

陸がそう呟いたのは、もう日が陰ってきた夕暮れ時だ。

英国で亡くなった母の遺品整理に集中していて、こんな時間になっていたことに気づけなかった。よいしょと立ち上がり電気を点けると、蛍光灯が眩しく光る。

母、祥子はイギリス人のトマスと再婚後に亡くなったため、葬儀も埋葬も、すべて英国で行われた。トマスの強い希望と、きっと母も同じ気持ちだと思ったからだ。

日本で彼女は、苦労しっぱなしだった。だから最期は、愛する人がいる地で眠らせてあげたかったのだ。

母のことを思い出すと、また涙が出てくる。陸はそれをシャツの袖で拭った。

先のことなんか、ぜんぜんわからない。でも、もし死んでしまったら。そうしたら自分も、英国に葬ってほしい。できることなら、母の隣がいい。

そうしたら、トマスもお墓参りに来てくれるかもしれない。いや、本当は。

本当に来てほしいのは、あの人。長身の青年。印象的な瞳をした彼。

エリージャ――――。

その時、ピンポンと玄関のチャイムが鳴った。

「はーい」

玄関に行き、「どちら様ですか」と声をかけてみる。わざわざ開ける必要もない。要するに、それぐらい扉が薄い。古い昭和の建物なのだ。

「陸、私だ」

その声を聞いた瞬間、陸はあわてて扉を開く。目の前に立っていたのは。

「エリージャ！　どうし……、わぁっ！」

話をしている最中なのに、彼は身を屈め陸の膝裏に腕を差し伸べると、一気に抱き上げてしまった。いわゆる立て抱っこだ。

「わぁっ、お、下ろして！」

「泣いていたのか」

目元が赤くなっていることに気づかれて、「う、ううん」と慌てて首を横に振る。

「嘘つきめ。目が潤んでいる。どうした。また祥子のことを思い出したのか？」

あっさり言い当てられて、思わず真っ赤になってしまった。

「久しぶりの再会なのに、私のお姫様は意地っ張りだ」

「ご、ごめんなさいっ。びっくりしちゃって。とにかく下ろして。ううん、中に入って」

彼は陸を抱っこしたまま室内に入ると、後ろ手で鍵を閉める。二人きりになれた安心感で、陸は恋人の逞しい首すじに抱きついた。

「びっくりしたけど、嬉しい」

そう言ったとたん、いきなり唇を塞がれてしまった。

長身の彼とキスする時は、いつも背伸びして上を向いていた。けれど抱き上げられているから、見下ろす形で唇を合わせたのだ。何だか、不思議で新鮮な気がする。

「会いたかったよ。陸」

「うん。ぼくも……。ねぇ、どうぞ中に入って。お茶を淹れるから」

「ありがとう。でも、お茶はいい。陸が足りなくて、おかしくなりそうなんだ」

髪を撫でられて、うっとりと瞼を閉じる。話したいことは山ほどあったけれど、今は黙って彼を抱きしめたい。————抱きしめられたい。

こんな欲望が自分の中にあるなんて、思ったこともなかった。

ふいにエリージャの指先に顎を掬われて、またしても唇を奪われる。

息がとまりそうな接吻に身を委ねた。もっと欲しい。もっと。もっと……っ。

彼の肩に手を置いて唇を遠ざける。怪訝な顔をする恋人に、陸は甘いおねだりをした。

「エリージャ、こんな玄関先じゃなく部屋に入って、ちゃんと、……ちゃんと抱いて」

そう言って、自分から愛する人にくちづける。

子供のような、それでいて情欲に濡れたキスだった。

□□□

「あ、あぁ、あぁ、あぁ……っ」

背後からきつく抱きしめられて、蕩けそうな声が唇から、また零れた。

どこの部屋も、床は引っ越しの荷物と処分するもので溢れている。恥ずかしがる陸に、愛おしい恋人は構わないよと笑った。

唯一、人が横になれるスペースは、陸のベッドの上だけ。そこへ案内しようとすると、エリージャは陸の手を取り、リビングの大きな窓際へと向かった。

彼がカーテンを開くと、外は暗い夜の帳だ。エリージャはその窓ガラスに陸を押しつけて、背中から抱きしめた。

そのあとのことを、陸は憶えていない。

気づくと着衣のまま、背後から深々と貫かれていた。その刺激に耐えきれず、目の前の窓にすがりつく。滑る感触。吐息で曇る透明なガラス。

きつく抱きしめられて、何度も突き上げられた。久しぶりに愛される感覚に五感が刺激されて、いやらしい声が何度も上がる。

「ぁああ――――、ぁあああ――――……っ」

「ああ、なんて声だ。陸、外に聞こえたらどうするつもりだ?」

そうだ、窓の外は公園だが、昼間は遊ぶ子供の声が窓越しに聞こえていた。今は夜だから、よりいっそう音が響くだろう。

その想像は陸の感覚を研ぎ澄まし、さらに官能を煽った。

聞こえる。聞こえちゃう。

いやらしい声が、聞こえちゃう。

「恥ずかしい子だね。こんなに蜜を垂らして。ほら、窓ガラスが濡れているよ」

言われなくても、わかった。だって性器の先っぽが、ずっと冷たいものに刺激されていたから。恥ずかしくて、すごく気持ちよかった。

立ったまま深く貫かれて、こんなふうに腰をくねらせている自分は、なんてみっともない生き物だろう。なんて淫らで滑稽な動物なんだろう。

「いい、いい、いいよぉ……っ」

「陸、ここが好きなんだね。こうやって突き上げられるのが、気持ちいいのか」

「うん、うん……っ。いい。気持ちいい、すごくいい。あ、ああ」

そう答えると、肉を叩きつけるような音がした。そのとたん、頭の中が真っ白になり、身体中の力が抜けた。だが、エリージャは陸の身体をがっしりと支えてくれている。

つるつる滑るガラスに爪を立て、快感に身をのけ反らせた。

外から見られるかもしれない恐怖。立ったままの結合。自分が生活しているアパートの一室という恥辱。そのどれもが陸の羞恥心を煽る。

「いく。いく、いく、いく、……ああ、いっちゃう……っ」

陸の喘ぎに合わせてだろうか、結合部を深々と突き上げられる。目の前が白く光って、何も考えられなくなっていく。

汗で濡れた背中を、エリージャの服が擦る感覚。ぞくぞくして、堕ちていきそうで、たまらなくいやらしくてエロティックで。

でも、どこか静謐(せいひつ)で、清らかだった。

逢えなかった時間を埋めるように、必死で二人は身体を繋げた。

「陸、ああ陸。そんなに締めつけるな……っ」

エリージャはそう呻くと、陸の身体を窓ガラスに強く押しつけて、激しく上下に揺すり上げた。目の奥で火花が散る。

「ぁあああああ――――っ」

声を上げた瞬間、身体の奥に熱いものが注がれる感覚がした。彼の精液が陸の体内に、吐き出されたのを感じる。

「ああ、ああ、ああ、んん……っ」

しばらく二人は息も荒く、じっとしていた。だが、エリージャが陸の身体から、そうっと陰茎を抜いた。その瞬間、陸は大きく震えた。

「すまない。少し辛抱してくれ」

ポタポタと音を立てて床に零れ落ちる、彼の精液。

その露骨さに頬が熱くなる。身体を繋げたのに些細なことが、なぜだか恥ずかしい。

「いっぱい、でちゃったね……」

そう呟くとエリージャは気恥ずかしそうに笑い、陸の身体を抱きしめる。

「あなたは、天真爛漫な小悪魔みたいだ」

エリージャは陸の髪を何度も撫でると、部屋に連れていってくれた。

彼はベッドに陸を寝かせると、部屋を出ていった。突然の行動に、陸は不安になって身体を起こし、閉じられた扉を見つめる。

「エ、エリージャ、エリージャ。どこに行ったの？」

恋人の名を、何度も呼んだ。だけど、扉が開くことはない。

彼のあとを追おうとしてベッドを下りたが、足に力が入らなくて座り込んでしまった。

姿を消したエリージャ。それだけでなく、たった一人、床にへたりこむ惨めな自分。感情の昂り涙が溢れ、ぽたぽた床に落ちる。

「エリージャ、エリージャ……」

座り込んだまま涙を流し、愛しい人の名を呼ぶと、目の前の扉が開く。

「陸、どうしたんだ」

中に入ってきたエリージャは脱力している陸の前に膝をつき、涙を拭ってくれる。

「こんなに泣いて、どうした？　私が無茶をしたから、どこか痛くしたのか」

眉を寄せて心配する彼を陸は見上げ、頑是なくかぶりを振った。

「だって……、だってエリージャが、いきなりいなくなっちゃったから」

「あなたの身体を拭いてあげようと思って、洗面器とお湯を取りに行っていたんだよ」

「でも、でも、でも姿が見えなくて――淋しかった」

言い募る陸の額に、エリージャは優しくキスをしてくれる。

「急に一人にされて、怖かったんだね。私が悪かった。謝ろう」

優しく抱きしめられると、胸の中を巣食って恐怖が、たちどころに見えなくなった。

自分が欲しかった温もりは、ここにあった。彼に抱きしめられると湧き起こる想いが、胸を温めていく。

怯えも恐怖も苦しみもない。ただ光と喜びと愛に満ちた、完璧な世界。

「愛しているよ、私のお姫様。もう一人で泣いてはダメだ。これからは私の、この腕の中だけで泣くと誓いなさい」

「はい……、誓います」

そして二人は唇を近づける。それは、限りなく甘美な接吻。

甘やかされる蜜の味。

とろり蕩ける、蜜の愛。

end

あとがき

弓月です。このたびは拙作をお手にとってくださいまして、ありがとうございます。


今作のイラストは、小禄先生にご担当いただきました！

先生の作品は以前から拝見しておりましたが、初めてのお仕事にウキウキとドキドキが入り混じった感じで、大はしゃぎの私。


小禄先生のキャララフには、男子の身体つきと意思の強い瞳をした繊細な陸と、華麗で細マッチョ、長身、凛々しくも優しい青年紳士のエリージャが！

どちらのキャラも、私が想像していた数百倍も格好よかったのです！

ラフを見て、「コレだコレコレ、コレだコレ」と意味のわからないことを呟いた私は、かなり変な生き物だったと思います。でも、わぁい、嬉しい！

小禄先生。素晴らしいイラストを、ありがとうございました。

私はソックス陸が大好きです！


前回同様、またしても書いては消し、書いては消しの繰り返しでした。多分、いろいろと無駄に不安なのだと思います。

さんざん悩んで提出したプロットにＯＫをもらい、ちゃんと打ち合わせもして、そののち作業を開始しても、書き出してみると五里霧中。つねに心許(こころもと)ないのは、私が優柔不断な、迷いまくるタイプだからです。

担当様には「何かあったら、連絡ください」と言ってもらっていましたが、今回は敢えて、不安でもいいから書こうと決めていました。

書けないと悩んでいても何もならないから、とりあえずＧＯ！　みたいな感じで。

紆余曲折の末、担当様に初稿を提出してみたら「面白かったです」と言っていただけて、小躍りしまくりました。お世辞でもいい。面白いの一言で、頭痛と肩こり冷え症が吹き飛ぶのです。やったぁ！　やったぁ！　何だかもう闇雲に、やったぁ！　です！

担当様。Daria編集部皆様。現在進行形でご面倒をおかけしております。すみません。営業、製作、製造、販売、この本に携わるすべての皆様。今回もありがとうございました。皆様のご尽力があって初めて、読者様に本が届きます。

こんな片隅に書いた私のお礼は、きっと届かないでしょう。それでもお礼申し上げます。もしまた次の機会をいただけましたら、よろしくお願いいたします。

そして読者様。こんな端っこまで読んでくださって、ありがとうございます。

今回のお話、いかがでしたでしょうか。主役カップルは絶対に幸せ！　の信念で書いていますが、脇キャラのトマスと祥子さんについては、ものすごく悩みました。

ＢＬなのに男女カップルのエピは必要なのかとか、読んでくださる方々が面白くないと思ったらどうしようとか、いっそ全部ボツにして、なかったことにするか！　とか。

でも書き上がった教会のシーンを読み直してみて、私自身がちょぴっと泣いちゃったので、読者様とこの気持ちを共有したいと思って採用しました。

賛否両論ございましょう。でも悩みましたが採用を決めたあと、迷いはなかったです。

私は陸＆エリージャと同じぐらい、トマスと祥子さんが大好きなので、書けてよかったとしみじみ思います。


前回の本では著述業を始めて十年目と書きましたが、今回はカバーコメントにもあります通り、四十冊目の本です。

ノロノロもいいところですが、プチ節目として本人は大喜び。

これもすべて読んでくださった読者様と、お仕事をくださる出版社様のお陰です。

ありがとうございました。今後とも、よろしくお願いいたします。

そんな感じで、またお逢いできることを祈りつつ。

弓月　あや　拝

DB ダリア文庫
DARIA BUNKO

✻大好評発売中✻

DB DARIA BUNKO ダリア文庫

✱ 大好評発売中 ✱

ダリア文庫

＊大好評発売中＊

DB ダリア文庫

✻大好評発売中✻